마음을 열자 미래가 보였다

일러두기

각 글의 끝에는 연도를 표시해 놓았다. 그것은 쓰여진 내용이 그 해에 관계된 내용임을 나타낸다. 지금의 시점에서는 많이 다를 수도 있음을 미리 밝혀둔다.

마음을 열자 미래가 보였다

김익준 지음

씨네스트

목차

외국 비지니스라는 긴 여정

이 책은 1993년 러시아 및 중앙아시아를 처음 진출한 시기부터 지금까지의 내용을 담은 것이다. 그러니까 필자가 20대 중반무렵부터 러시아에서 사업을 시작하면서의 이야기들이니 이미 오래전 이야기들도 있다. 그리고 거기에 최근의 글들도 함께 모았다.

90년대 중반에 사회주의 국가에서 자본주의 국가로 변화하는 시기에 있던 소련, 즉 지금은 러시아, 우크라이나, 카자흐스탄, 우즈베키스탄 등 15개 국가를 다니면서 좌충우돌했던 이야기들이 주된 내용이다.

지금은 러시아 및 독립국가연합(CIS)의 국가들이 이 책에 나와있는 내용보다는 훨씬 안정적이고 서비스 감각도 우리가 원하는 만큼 많이 발전되어 있지만, 그때만 해도 그들의 서비스 감각을 보고 있으면 한숨만 나오던 때이다.

그 어려웠던 시기에 필자는 러시아 및 중앙아시아를 정말 부지런히 다녔다. 러시아어를 전공한 것도 아니고, 남들만큼 비지니스에 타고난 성격도 아니었지만 타고 다닌 비행기 편수만 해도 1500편 이상 되도록 다니고 또 다녔다.

그나마 사업을 이렇게 이끈 것은 아마도 열린 마음으로 상대방들을 대하였기 때문이 아닌가 하는 생각을 한다.

아무리 어려운 상황이라도 빠져나갈 구멍은 있다고 생각을 하였고, 또 실제로 그런 상황에서 상대편은 늘 나의 진심을 알아주었다.

근 30년 동안 여러 나라를 다니면서 느꼈던 솔직한 감정과 사건들이 이들 국가를 이해하는데 조그마한 도움이 될 수 있기를 희망한다. 감히 이야기하건대 이들 국가들은 여전히 기회의 땅으로 남아있다.

필자는 이미 2004년에 수필집을 한 번 낸 적이 있었다. 이 책은 그때 낸 수필집의 개정 증보판이라고 할 수 있다. 아울러 최근에 다녔던 중국편을 추가하였다.

커다란 도움이 안 되더라도 이들 지역 진출을 준비하는, 특히 아직도 기회가 무궁무진한 중앙아시아 지역에 진출하고자 하는 분들에게 자그마한 도움이 되면 그것으로 족한다.

책을 내는데 도움을 준 많은 사람들, 특히 회사의 직원들과 각 지역 법인장, 그리고 30년 동안 나를 믿어준 아내와 두 딸에게 고마움을 전한다.

가슴에 꿈을 안고

모스크바야, 내가 왔다

모스크바 세레메체보2 공항에 도착했다. 설사를 자주 하는 나는 세관도 통과하기 전에 화장실부터 찾았다. 국제공항이라는 세레메체보2 공항의 화장실은 우리나라 시골 기차역보다 못했다. 휴지는 당연히 없었고 수세식 변기에는 뚜껑도 없었다. 양변기를 구식 변기 자세로 사용하면서 참 대단한(?) 공항이라고 생각했는데, 얼마 안 있어 그나마 공항에 화장실이 있는 것만으로도 다행이라고 생각하게 되었다. 도무지 공중 화장실을 찾을 수 없는 도심 한복판보다는 그래도 공항이 나은 편이었다.

미리 기다리던 분이 세관에 손을 써서 통관 없이 입국을 했는데도 오후 4시 도착 예정이었던 것이 밤12시가 되어서야 숙소로 오게 되었다.

업무는 바로 다음날부터 시작되었다. 미리 채용한 세 명의 직원과 인사를 했으나 러시아어를 전혀 모르는 나는 멀뚱멀뚱 쳐다보기만 했다. 나는 우선 내가 보낸 물건이 잘 판매되는지 그것부터 확인해 보았는데 친분이 있는 러시아인에게 소량으로 판매될 뿐이었다.

현지인 직원 세 명은 말이 직원이지 러시아 여자는 경리, 고려인 여자는 식사와 잔심부름 정도를 담당했으며, 나머지 한 명인 미샤라는 러시아 남자는 융통성이 하나도 없는 사람이었다.

러시아어를 전혀 모르던 나는 숫자조차도 제대로 말할 수가 없어서 다음날 북한에서 발행하여 현지 고려인들이 판매하는, 무게가 2kg 정도 되는 《조로/로조사전》을 사서 들고 다녔다. 직원들의 말을 아무리 이해하려고 해도 기본적인 의사소통조차 되지 않았고 직원들도 나와는 대화를 하지 않으려 했다. 하는 수 없이 우선 관련 장부를 먼저 검토했다. 매입, 매출 실적이 지난번 말레이시아에서 본 친구들과 마찬가지로 형편 없는 수준이었고 일반 구멍가게 수준이었다. 러시아에 오기 전에 생각했던 것과는 너무 차이가 나서 여기서 내가 무얼 할 수 있을지 엄두가 나지 않았다.

처음에 같이 일했던 형의 친구는 무역이나 화물보다는 방송과 광고에 관심이 많았고 경험도 많았다. 무엇보다도 우선 모스크바에서 3년간 공부하면서 쌓은 러시아어 실력으로 유창한 회화를 구사할 수 있었고 그 덕분에 교민들이 비자, 병원 등 애로사항이 있으면 그분을 찾아와 부탁을 해서 항상 바빴다.

러시아에 온 지 보름 정도 지났을 때쯤, 물건이 잘 판매가 안 되어 지쳐 있던 그 분은 나에게 사무실에 있는 물건 한 개만이라도 팔 수 있냐고 농담을 했다. 그러나 그 말은 나에게 큰 자극이었고 자존심 문제였다. 나는 사무실 창고에 있는 여성용 화장솔 박스를 들고 나와서 고려인 여직원에게 판매가를 떠듬떠듬 물어보았다. 한 세트에 3천 루블, 두 세트에는 5천 루블(뼤아찌 띄쉬챠)이라고 하면서 박스 겉에다가 '한 세트 3천 루블(뜨리 띄쉬챠)'라고 적어주었다. 그러나 두 세트에 5천 루블(뼤아찌 띄쉬챠)이라고는 적지 않았다.

나는 그 박스를 들고 걸어서 무작정 밖으로 나갔다. 어느 역에 큰 시장이 있는지 알 수도 없었고 러시아 돈도 전혀 가지고 나오지 않았다. 전철역 주위를 보니 간이시장 같은 것이 눈에 들어와 그곳으로 발길을 옮겼다.

가보니 시장 가판을 여러 개 만들어서 옷, 신발, 휴지, 설탕, 치즈 등을 구분 없이 팔고 있었다. 그 가판 옆에서 판매해 볼까 생각해 봤지만 시선이 좋지 않을 것 같아 무조건 가판 주인에게 아무 말 없이 화장솔 한 세트를 보여주었다. 그런데 생각지도 않게 그 옆에 있는 가게 주인이 내 손을 잡으며 떠들어댔다. 가만 들어보니 한 세트에 얼마인지 물어보는 것 같아 박스에 적힌 가격을 손으로 가리켰다. 상인은 그 자리에서 3천 루블을 주었고 그 옆 가판 주인이 다시 내 손을 잡고 뭐라고 외쳤다.

지금 생각해 보면 "드바 스꼴꼬 스토이트?"(두 개면 얼마야?)라는 말이었을 것 같은데 그 당시에는 전혀 알아들을 수 없었다.

"드바 스꼴꼬 스토이트? 다바이 뼤아찌 띄쉬챠?"(두 개면 얼마냐고? 5천 루블로 하자!)

무슨 말인지 전혀 알 수 없었던 나는 "노! 파이브 사우전드 루블"이라고만 했다. 그 가판 주인은 내 어설픈 영어를 이해 못하고 계속 '삐아찌 띄쉬챠'만 외치다가 서로 이해를 못하고 있다는 것을 알고는 5천 루블을 내 손에 쥐여주고 두 세트를 뺏아갔다.

그 광경을 지켜보고 있던 처음의 가판 주인은 불평이 가득한 얼굴을 하고 내게 뭐라고 따지는 것 같았다. 아무리 말해봤자 말이 안 통하는 것을 알았는지 방금 전에 3천 루블에 구입한 한 세트 가격을 제하고 2천 루블만 더 내고 한 세트를 집어갔다.

이런 식으로 주위 가판 주인들끼리 흥정이 붙어 내가 가지고 온 화장솔 한 박스는 10분 만에 모두 팔려 나갔다. 나는 그 가판 주인들에게 내 명함을 주었다. 물건이 사무실에 더 있으니 필요하면 연락하라고 말하고 싶었으나 도무지 설명할 길이 없어 그냥 명함만 주고 가벼운 마음으로 사무실로 돌아왔다.

사무실에 들어오자 마자 내가 내놓은 돈을 본 러시아 직원들은 처음에 황당한 얼굴을 짓다가 나중엔 그저 웃기만 했다.

"물건 팔 때 마피아 같은 놈은 없었어? 조심해야 해. 정말로 혼자 나가서 물건을 팔아 오면 어떡해?"

"팔아 오라며! 내일부터는 직원 한 명 데리고 내가 나가서 팔아올 테니 걱정하지 마."

이렇게 말하고는 다음날부터는 직원 한 명을 데리고 서울의 동대문 시장 같은 곳을 찾아다녔다.

처음 모스크바에 왔을 때 섭씨 30도가 넘는 여름이었지만 건조한 기후여서 인지 서울처럼 후덥지근하지 않고 습하지 않아 살기 좋은 편이었다. 7, 8월에 대부분의 러시아인들은 한 달 정도의 휴가기간을 갖는다. 대개는 유원지나 관광지 또는 사나또리라고 부르는 휴양지로 휴가를 떠나고 도심에 있는 사람들도 활기가 차 있다.

시장 같은 곳을 찾아다니면서 처음에 놀란 것은 이곳 여자들이 여름에 속옷을 잘 입지 않는다는 것이었다. 차를 타거나 전철역 등에서 속옷을 안 입은 여자들과 마주치면 눈을 어디에 둘지 몰랐다. 처음에는 생활수준이 너무 낮아 구입을 못하는 것일까 생각했는데 곧 그게 아니라 기후와 연관이 있다는 생각을 갖게 되었다. 6개월씩이나 지속되는 혹독한 겨울을 지내고 나서 태양이 작열하는 한여름이 되면 그 동안 무겁게 입고 있던 옷들을 다 벗어버리고 싶은 충동이 생기는 것이 아닐까?

솔직히 모스크바 거리엔 미인들이 많아 젊은 총각인 나는 사무실에 앉아 있기보다는 나가서 활보를 하고 싶었다. 그래야 미인들을 많이 볼 수 있으니까!

현지 직원과 시장을 돌며 판매 가능한 품목과 현재 에코비스가 가지고 있는 유사 상품의 판매가를 수첩에 기록했다. 현지 직원보고 상점에 들어가 에코비스 물건을 소개해 보라고 했지만 왜 그렇게 수줍어하는지 얼굴만 빨개지고 러시아에서는 그런 식으로는 물건을 구입하지 않는다고 손짓 발짓 해가며 엉뚱한 소리만 했다.

하는 수 없이 나 혼자 상품 샘플을 들고 들어가 상인들에게 보여주면서 명함을 돌렸다. 현지 직원은 명함 돌리는 것마

저 말렸다. 그 명함을 보고 마피아와 경찰이 세금을 받으러 온다는 것이었다. 그런 거 저런 거 따지다 뭔들 되겠나 싶어 귀담아 듣지 않고 막무가내로 시장을 돌아다녔다. 그날도 가지고 나간 샘플을 모두 판매하고 돌아왔다.

그날 뿌렸던 명함을 보고 다음날 전화한 상인이 오후에 사무실을 방문하여 그 후로 매주 100-500달러 정도의 상품을 구입했다. 나중에 에코비스가 항공화물 업무에만 전념하게 된 후 화물 터미널에서 그 상인을 우연히 만났는데 한국에서 매월 여러 대의 컨테이너로 여성용 옷과 모자, 가방 등을 수입하는 거상이 되어 있었다.

변변한 거래처 하나 없던 시기에 몇 개월 동안 이런 식으로 영업을 하며 모스크바 근교에 시장 비슷하게 생긴 곳은 모두 가본 것 같다. 자본이 없던 시기여서 점심시간 전에 샘플을 들고 시장에 가서 상인들에게 물품을 판매하고 그 돈으로 점심 저녁을 사먹곤 했다. 열악한 상황이었지만 전혀 힘들거나 부끄럽지 않았고 오히려 일이 즐거웠다. '이렇게 해도 판매가 되는구나!'하고 신기해 하면서 하루하루를 보냈다.

나의 좌충우돌 러시아 둥지 틀기는 이렇게 시작됐다. 처음부터 몸으로 직접 부딪치며 하나하나 배워 나간 것이 나중에 사업에 큰 지렛대 역할을 했음은 물론이다. 두려워하고 있기보다는 될 수 있는 방법을 찾는 역발상이 그 당시에도 주요했거니와 지금도 나를 발전시켜 준다.

(1993년)

네 개의 가방

모스크바에 온지 4개월이 지날 때쯤 자본이 모두 바닥났고 함께 일했던 형 친구분과도 헤어졌다. 형 친구는 그 사이 조금씩 해오던 광고와 방송일을 본격적으로 추진하기 시작했지만 나는 무슨 일을 해야 할지 몰랐다. 서울에서 구입했던 상품들은 대부분 판매했고 화물 통관업을 계속했지만 일주일에 50~100kg도 안되는 화물로는 서울과 모스크바의 경비를 댈 수가 없었다.

93년 10월 말, 벌써 모스크바에는 눈이 내리고 있었고 사무실에서 멀뚱멀뚱 내 눈치를 보는 직원들을 보며 무엇을 어떻게 해야 할지 정말 미칠 것 같았다. 그러던 어느 날 형에게 전화가 왔다.

"더 이상 보낼 물건도 없고 항공화물도 늘어나지 않는다. 거기서는 어떻게 지내냐?"

"모스크바 물가가 서울보다 저렴하니까 큰 부담 없이 살고 있어. 그런데 월급도 못 가져가는데 서울에서는 어떻게 살고 있어?"

"여직원은 그만 뒀고 그 대신 네 형수가 일하고 있어서 경비는 조금 줄었다. 익준아, 그만두자. 자금도 없고 형수도 그만두자고 하는데 다시 서울에서 직장생활하자."

"형 마음 이해해. 조카까지 셋이서 월급도 없이 버티기 힘들지. 형은 원하면 그만둬. 나는 지금 갈 데가 없어. 야간대학까지 보내준 직장을 포기하고 왔는데 뭐라도 해보고 가야지. 조금 남은 물건 팔고 경비 줄이면 조금 더 견딜 수 있으니 나는 여기서 더 버텨볼게."

동생 혼자만 모스크바에 두고 서울에서는 생계비로 고통받는 형수와 자식을 지켜보면서 형은 많은 갈등을 했을 것이다. 형은 그 후로도 2년 넘게 서울에서 월 60만원의 월급으로 바람도 들어오지 않는 단칸방에 살아야 했다.

형이 돌아가고 형 친구도 그 해 가을 서울로 돌아간 이후 직원들은 불안해하기 시작했고 눈치만 보고 있었다. 12월 말에 나도 서울에 가겠다고 했다.

"엠마, 서울에 가야겠어."

"익준도 가?"

"서울에서 판매 가능한 물건도 찾아보고 항공화물도 늘어나도록 홍보도 해야겠어."

"익준! 익준도 안 올 거지? 익준도 안 오면 우리는 어떻게 해. 나는 정년퇴직하고 갈 데도 없고……. 그리고 따마라와 미샤는 또 어떡하고……. 안 올거면 지금 말해야 우리도 준비하지. 익준이 언제 올지도 모르는데 무조건 기다릴 수도 없잖아."

"엠마, 꼭 올 거야. 나는 서울에도 갈 데가 없어. 그리고 모스크바에서 더 일하고 싶으니 보름만 기다려요. 그때 꼭 월급 줄게."

전체 세 명의 현지인 직원 넉 달치 월급에 달하는 900달러로 왕복 비행기표를 구입했다. 남는 시간은 시장에서 판매 가능한 품목과 비슷한 제품의 단가를 확인했고 그 동안 거래했던 소규모의 상인들에게 주문도 부탁했다.

12월 31일 서울행 비행기를 탔고 94년 새해는 비행기 안에서 맞이했다. 승무원들의 축하인사와 샴페인 대접 등을 받으며 서울로 돌아오는 내 마음은 무겁기만 했다.

서울에 도착하니 종로에 얻었던 작은 사무실은 비용 때문에 이전하여 철거 준비 중인 만둣국 식당이었던 자리에 임시로 옮겨져 있었다. 남대문에서 판매 가능한 여성용 정장을 몇 벌 구입하고 여성 화장솔 신제품을 구입했다.

보름 후 모스크바로 돌아가기 전에 형과 다시 상의했다.

"모스크바에서 한 달 정도 버틸 경비밖에 없는데……."

"미수금은 없니?"

"팔 물건이 있었어야 미수금이 생기지."

"이번에 구입한 샘플을 판매하면 한 달은 버틸 수 있을 것 같으니 어떻게 해봐."

"안 팔리면?"

"몰라, 빨리 가!"

샘플과 비상식량, 그리고 고객이 맡긴 소화물을 네 개의 가방으로 꾸렸다. 고객이 맡긴 30kg 정도의 소화물을 항공화물로 운송하면 250달러 정도의 경비가 들기 때문에 모두 내가 들고 가기로 했다.

공항까지는 큰 형이 배웅해 주었는데 공항으로 가는 차 안에서 내 심정은 정말 막막했다. 다른 일을 하고 있는 큰형에게 '내가 지금 너무 힘들다'고 말할 수가 없어 단지 '이번에는 별로 가고 싶지가 않다'며 괴로운 내 심정을 돌려 말했다.

공항에 도착해서는 주차하기가 어려워 나 혼자 내려 공항 청사로 들어갔다. 가방 네 개를 질질 끌고 가는 내 뒷모습이 정말로 안쓰러워 보였다고 큰형은 지금도 말한다.

항공사에서 비행기표를 받고 30kg 정도는 개인당 무료이니 위탁하고 나머지 50kg 가까운 세 개의 가방을 메고 들고 기내로 들어가기 위한 줄에 섰다. 그런데 내 가방을 본 항공사 직원이 앞을 가로막았다.

"이렇게 많은 화물을 기내에 가지고 들어갈 수 없습니다."

"모두 파손이 될 수 있는 샘플이어서 화물로 부치지 않고 부득이 들고 왔으니 봐주세요."

"기내 손님들한테도 불편하고 무거운 짐들이 한쪽으로 치우치면 비행기 안전에도 문제가 있습니다."

"몇십 킬로그램도 안 되는 화물로 비행기 안전에 문제가 있다는 것은 말도 안되지요! 그리고 통관까지 했는데 어떡합니까?"

"화물료를 더 내시고 화물칸으로 보내십시오."

화물료를 아끼기 위해 50kg나 되는 화물을 끌고 온 것이고, 또 정말로 낼 돈도 없었다. 난 그 자리에서 버틸 수밖에 없었다. 그쪽에서는 부피가 큰 가방 하나만 무료로 해주고 나머지 두 개의 무게를 다시 체크하더니 45kg이라고 하면서 360 달러의 화물료를 지불하라고 했다.

"없어요. 우기는 것이 아니라 정말로 없습니다."

"그렇다면 보내 드릴 수가 없습니다."

"솔직히 말씀드려야 겠네요. 그 물건으로 한 달 생활해야 하니 안 가져갈 수도 없고 낼 돈도 없습니다."

결국 항공사 직원은 무료로 한 개의 화물을 운송해 주었고 두 개의 가방을 기내로 가지고 들어가게 해주었다.

아무튼 그렇게 해서 모스크바로 출발했다. 내가 일해야 할 곳은 모스크바였으니 선택의 여지가 없었다.

지금에 와서 돌이켜보면 아릿한 추억으로 남아 있지만 참 어떻게 그 시절을 헤쳐 나왔는지……. 모스크바에 가서 1년도 안 되어 아직 자리잡지 못하고 있을 때 형 가족이 와서 합류했다. 방 하나 짜리 작은 아파트에 형 내외와 조카까지 같이 살게 되었다. 거실에서 조카와 형 내외가 자고 내가 작은 방을 썼는데 밤에 화장실을 가려고 하면 형 내외가 자고 있는 거실을 지나서 가야 하니 서로가 너무 불편해서 나는 가끔씩 좀 지저분한 짓을 하곤 했다. 조그만 방 창문을 열고 그곳에 실례를 하곤 하여 밤에 화장실 가는 횟수를 줄였다.

아무래도 방이 최소한 두 개는 필요해서 그 아파트에서 나와야 했는데 생활비가 너무 부족해서 월세로 250달러 이상을 쓸 수는 없고 250달러에 방 두개 짜리 아파트는 모스크바에 거의 없었다. 유학생들에게 알아본 결과 학생 기숙사에 유학생 명의를 빌려서 들어가는 방법이 있다고 했다. 우리가 만난 유학생은 개인 아파트에서 살고 싶어했기 때문에 그 학생 명의로 형 가족과 나는 기숙사로 이사를 했다.

학생 기숙사는 부엌 없이 두 개의 방으로 되어 있어서 현관 입구에 간이 부엌을 만들어 사용했다. 적은 비용으로 살아야 했으므로 학생 기숙사에서의 불편한 생활 쯤은 참아야 했다.

일단 방이 두 개여서 살 만했지만 학생이 아니어서 출입이 너무 불편했다. 입구와 각층마다 있는 경비는 우리가 출입할 때마다 시비를 걸었고, 그 때문에 형수는 너무 힘들어했다. 경찰이 학생 기숙사로 오면 우리는 몇 시간 동안 밖에서 기다리다가 경찰이 돌아간 후에야 숙소로 들어갔다. 학생증 없는 사람이 학생 기숙사에 사는 것은 불법이었다.

96년 겨울이 되어서야 회사의 형편이 나아지고 단독 아파트로 이사를 할 수 있었다.

지금은 형네나 우리 집이나 넓다면 넓은 아파트에 살고 있지만 가끔은 그 비좁고 열악했던 모스크바의 아파트와 기숙사가 떠오른다. 불투명한 미래를 위해 투자했던 그 과거의 시간 동안 함께 했던 추억의 장소들……. 오늘 내가 이 자리에 서 있기에 그때를 즐거운 마음으로 회상하는 것일 수도 있겠다.

(1993년)

몸으로 익힌 통관 노하우

다시 모스크바에 오자 마자 바로 다음날부터 서울에서 오는 화물 통관을 했다. 수입면장을 받고 정식 계약서에 의한 정상적인 통관이 아닌 간이 세율의 적용을 받는 이삿짐 형식으로 매주 통관을 시작했다. 사회주의 국가에서 자본주의 국가로 바뀐 지 얼마 안 되어서인지 수입관세 제도는 엉성하여 허점투성이였고 온갖 탈세 및 밀수가 통용되던 시기였다.

만일 김포 세관에서 통관을 하게 되면 이삿짐은 한 번 이상 통관이 어렵고 만약 통관이 된다 하더라도 무거운 간이 세율이 적용되지만 그 당시 모스크바에서 외국인 이삿짐은 여권에 이삿짐 통관에 관한 확인 도장조차 찍지 않던 때라 여러 번의 통관이 가능하여 매주 내 명의로 수많은 화물을 통관했다. 당시 서울에서 운송된 화물은 유학생 및 교민의 생필품과 소량의 상품과 샘플들이 대부분이었으나 판매를 목적으로 들어오는 화물도 있어 김포 세관 같으면 모두 관세를 적용하여 세금을 지불해야 했지만 모스크바에선 안면이 있는 세관원만 있으면 쉽게 통관이 가능했다.

매주 화물은 50kg에서 많게는 500kg 정도였는데 어쩌다 운이 나빠 골치 아픈 세관원을 만나면 100~300달러 정도의 촌지를 지불하고 통관을 하였다. 당시로서는 그것도 무시 못 할 금액이라 통관 때마다 안면 있는 세관원이 있는지 찾는 일을 우선적으로 했다.

지금이야 러시아어를 사용하는 것이 자유롭지만 그때는 간단한 러시아 말도 제대로 하지 못하던 때라 아는 세관원이 있어도 그가 무엇을 필요로 하는지 알 수 없었고, 함께 일하던 현지인 직원 미샤는 융통성이 하나도 없어 왜 세관원에게 선물을 줘야 하는지 이해를 못 해 떠듬떠듬 말하며 답답하게 굴어 준비한 선물과 촌지를 내가 눈치껏 직접 줘가며 통관을 시켰다.

매주 통관되는 화물에 대하여 따로 장부를 만들어 일자, 중량, 비용, 수량을 적었고 별도란에 그날 통관 담당자의 이름과 특징과 성격을 적어 두어 다음에 같은 세관원을 만났을 때 피해야 할 것인지 통관을 부탁해야 할 것인지 판단했다. 통관 시에는 매일 세 명의 세관원이 있었고 자기가 원하는 세관원에게 통관서류를 제출할 수 있었기 때문에 나와 안면을 튼 세관원이 근무하는 날이면 그날은 쉽게 통관이 되었다.

지금이야 매년 신세법으로 통관법이 바뀌고 있고 그때처럼 주먹구구식도 아니라서 이런 식으로는 통관을 할 수도 없고 화물도 매주 한두 대의 전세기를 임대하여 통관을 하고 있지만 그 시절에는 매주 통관을 위해 선물로 쓸 만한 것을 여러 종류로 준비해서 가방에 넣어 가지고 다녔다.

통관 때에는 열 박스당 두세 박스 정도를 세관원 앞에서 개봉하여 해당 물품을 보여줘야 했는데 처음에는 교민 생필품 위주여서 예상 외의 화물(예를 들어 성인용 비디오테이프 등)이 나오곤 하여 나를 긴장하게 만들었다.

　　너무 많은 일이 통관 때마다 일어났다. 물품 중에 모스크바에서 볼 수 없었던 화물이 있으면 우선 세관원이 갖고 싶어 했다. 한번은 바퀴벌레가 너무 많은 모스크바 아파트 때문에 벽에 부착하는 '컴배트'라는 살충제를 화물로 들여온 적이 있는데, 이 신기한 물건을 처음 본 세관원은 다른 박스는 보지도 않고 계속 이 바퀴벌레약의 효능에 대해서만 물어봤다. '아! 갖고 싶은 게로구나'하고 눈치를 챈 그 순간 나는 고객의 화물임에도 불구하고 그 중 두 상자를 얼른 그 세관원에게 주었다. 그 다음주 화물에 바퀴벌레약을 좀더 보내 달라고 요청한 것은 물론이다. 내가 임의로 줘버린 고객의 화물을 변상하기 위한 것과 또 그 세관원을 다시 만날 때를 대비해서 였다. 나름대로 머리를 쓴 셈이다.

　　러시아 사람들이 가장 좋아하는 것은 조미료가 첨가된 식품과 인스턴트 식품들이다. 대부분의 러시아 여성들은 직업을 갖고 있어 부엌에서 오래도록 가사에 시간을 투자하기가 힘들다. 예전 사회주의 시절부터 국가적인 차원에서 여성의 노동력도 중요한 자원으로 여겨왔기 때문에 의도적으로 음식들을 단순하게 만들고 또 쉽게 조리해 먹을 수 있는 식품들이 보급되어 왔다. 그래서 지금도 러시아 음식은 보드카, 소시지, 빵, 보르쉬(스프) 이외에 별다른 음식이 없고 야채도 조리 과정이 필요 없는 날 것 그 자체로 먹는다.

여건이 이렇다 보니 조미료가 첨가된 음식과 라면처럼 쉽게 조리가 가능한 음식들은 대단한 환영을 받았다. 라면이 판매되지 않던 시기에 개인 화물로 라면과 김치 등이 매주 운송되어 오니 세관원은 그때마다 김치, 고사리, 라면 등을 요구했다. 사실 부탁을 들어주는 게 그다지 어려운 일도 아니었다. 이런 식품을 요구하는 세관원을 만나면 그날 통관은 무척 쉽게 이루어졌기 때문에 요령이 생긴 나는 매주 화물을 보낼 때마다 두세 박스 정도는 화물 맨 위를 라면으로 포장하여 세관원이 쉽게 라면과 조미료를 볼 수 있게 했다.

지금 생각하면 당연히 절세가 아닌 탈세에 해당되는 중죄이지만 그 당시엔 매주 운송되는 그만한 물량을 손쉽게 통관할 마땅한 다른 방법이 없었다. 변명인가?

통관은 매주 하는 일인데도 할 때마다 매번 긴장의 연속이었다. 그렇게 고군분투하며 지내던 어느 날, 그날은 평소보다 몇 배나 많은 화물이 의뢰되어 들어왔다. 그 중 여성용 화장솔이 2톤 가까이 있었는데 지난 석 달 동안 지속적으로 자주 들어오던 동일 상품이었다. 통관 때마다 개당 40센트로 인정되어 통관되어 오던 물품이었는데 그날 세관원은 어쩐지 눈빛부터 이상하더니 한 박스 뜯어서 샘플을 보자 마자 다른 세관원에게 보여줬다.

"여기 있는 화장솔이 얼마로 보여?"

"1달러?"

"50센트?"

그러자 그 세관원은 "이거 지난 주에 내 와이프가 3달러 주고 산 거야!"하더니 세관 신고서에 '2달러에 대한 세금 지불'이라고 작성하고는 나에게 던졌다.

정말 너무나 어이가 없었다. 어떻게 자기 와이프가 산 가격에 비례하여 세금을 결정하는지 이해가 안 되었다. 그 시간이 오전 10시였는데 그때부터 그 세관원을 쫓아다니느라 꼬박 하루를 더 허비했다. 같이 갔던 현지 직원은 세관원이 더 깎아주지 않을 것 같으니 그만 포기하고 세금을 내고 가자고 했다. 그만한 돈도 없었고 있다고 해도 내기 싫었다. 결국 물건을 모두 다시 창고에 입고시키고 창고료만 지불하고 사무실로 돌아왔다.

직원들과 상의했다. 이 화물을 서울로 돌려보내면 이중 화물료가 계산되어 더 손해이고, 그렇다고 네 배 가까이 발생된 세금을 지불하고 통관한다는 것은 더더욱 말이 안 되었다. 아니 그럴 수 없었다. 러시아에서는 한번 세관원에 밀리고 나면 그 이후로는 그 상품은 더 이상 저렴한 가격에 통관이 안 되기 때문에 그 상품을 판매하는 것 자체를 아예 포기해야만 한다.

직원 중에 아줌마 한 분이 세관원 친구와 전화를 하더니 좋은 방안을 알려줬다. 우리나라식으로 하면 관세 중재위원회이다. 가서 해당 상품을 보여주고 관세를 재확인하고 그곳에서 결정된 관세가 더 저렴하면 세관에게 그 사실을 통보하고 그만큼의 관세만 지불하면 된다는 것이었다.

일단 중재위원회에 가기 전에 직원과 작전을 짰다. 어찌 보면 안 좋은 방법이었지만, 이번 건을 담당한 세관원도 제대로 하지 않았기에 어쩔 수 없다 생각하고 선물 공세로 나가기로 했다. 사실 선물 공세란 별 것도 아니었다.

다른 고가품의 브러쉬를 몇 개 선물로 주고 또 이번에 통관에서 문제가 된 해당 화장솔도 함께 가지고 가 보여주면서 이 상품이 얼마나 저가품인지를 비교해 보도록 했다. 고가품과 비교된 화장솔은 한눈에 보기에도 좀 형편없어 보였다.

가지고 간 모든 브러쉬를 선물로 주고 중재위원회가 가격을 다시 결정하기를 기다렸다. 여러 명의 중재위원들은 브러쉬 하나 가지고 오래 상의를 하고 있었고 들어간 지 두 시간이 지난 후에야 서류가 나왔다.

통관 가격은 개당 1달러 8센트로 정해졌다. 비록 세관원이 작성한 2달러보다는 저렴했지만 평소 가격보다 두 배가 인상되었으니 나는 중재위원회에서 어떤 근거로 1달러 8센트란 가격을 책정했는지 이해가 되질 않았다.

어쨌든 다시 공항으로 갔다. 세관 창구에서 확인하니 나를 골탕 먹인 그 세관원이 담당자였는데 자리는 지키지 않고 구석진 빈 방에서 당시엔 구하기도 힘든 하이네켄 맥주를 마시며 혼자 텔레비전을 보고 있었다. 생각 같아선 세관 감사실에 고발하여 근무시간에 일 안하고 술 마신다고 폭로하고 싶었지만, 세관원을 건드려서 좋을 일이 없기에 그냥 넘어갔다.

그 세관원에게 중재위원회 서류를 보여주자 그는 화를 냈다.

"그 중재위원회는 없어져야 해. 무슨 근거로 이게 1달러 8센트야! 그렇게 처리를 하니 세금을 걷어들일 수가 없지."

어이가 없었다. 자기 와이프가 구입한 가격을 근거로 세금을 매긴 녀석이 중재위원회를 헐뜯고 있었다. 밤 10시에 통관을 마치고 사무실에 입고를 했다.

그 이후로도 그 세관원과 나의 싸움은 항상 계속되었다. 회사 홍보용 달력을 보내도 판매용으로 간주해서 세금을 물게 했고, 화물 중에 자기가 필요한 물건이 있으면 아예 노골적으로 요구를 하기도 했다. 자기가 돈을 줄 테니 여기서 판매하라는 식으로…….

화물을 넘기면 어쨌든 그날 비용과 시간은 절약되는 것이기 때문에 나는 아예 그 편을 택하기로 했다. 세관원에게 줄 물건들로 미리 한 박스를 만들어 준비한 후로는 통관이 훨씬 원활해졌다.

그러다 익숙한 공항이 아닌 다른 공항에서 통관을 하게 되면 또다시 처음부터 시작하는 상황이 된다. 1994년 크리스마스 이브였던 것으로 기억하는데, 모스크바에서 처음 맞는 크리스마스라서 왠지 설레기도 하고 한편으론 쓸쓸하기도 했다. 그러고 있는데 서울에서 전화가 왔다. 이번 주에는 화물을 다른 공항으로 보냈으니 그 공항으로 가보라는 것이었다. 다음 날부터는 크리스마스 휴일이니 당장 가지 않으면 화물을 찾기가 어려울 것 같아 대충 서류를 준비해서 기사 한 명만 데리고 공항으로 갔다.

러시아어가 잘 안 되던 때인데 생판 낯선 공항에 도착하니 뭘 어찌해야 할지, 어디서부터 줄을 서야 할지 막막했다. 이곳저곳을 거쳐 세 번째 창구에 도착했을 때 창구의 담당자가 점심시간이라며 스무 명도 넘게 줄 서 있는 사람들은 아랑곳없이 문을 닫아버렸다.

점심시간은 한 시간 반! 자리를 떠나면 순서를 빼앗길 까 봐 그대로 줄 선 채로 기사가 사온 콜라 비슷한 것과 우리나라 고로케와 같은 기름이 뚝뚝 떨어지는 튀긴 빵 하나를 먹었다.

화물을 통관해서 들여오려면 일곱 군데의 창구를 거쳐야 한다. 그런데 아직 두 군데밖에 못했으니…… . 오늘 안에 다 끝낼 수 있을까 하는 걱정에, 언제 다 하냐 싶은 지루함에 점 심 시간이 참 길게 느껴졌다.

운이 나빠서 원리원칙대로만 하는 세관원을 만나면 그날 은 관세 외에도 많은 비용이 들거나 아니면 요구하는 서류들 을 준비하느라 3일 정도가 더 소요되곤 했다. 얼핏 보니 그날 은 세관원이 아주 쓸 만하게 보였다. 6시 마감시간을 30분 남 기고 앞에 다섯 명 정도가 남아 있었다. 유연한 세관원 덕분에 앞이 쑥쑥 잘 빠져나갔다.

줄을 서 있는 내내 집에서 만든 러시아 단어장을 보고 있 었는데 갑자기 러시아 할머니 한 분이 내 앞으로 슬그머니 새 치기를 한다. 곧 다시 갈 줄 알았는데 이 할머니가 계속 서 있 는 것이었다. 손에는 통관 서류를 들고 있는 게 보였다. 왠만하 면 양보를 했겠지만 마감시간이 얼마 안 남은 시간이었고 또 대체로 할머니들의 서류는 거의 문제가 있게 마련이어서 시간 이 오래 걸릴 게 분명했다.

나는 그 할머께 서툰 러시아말로 "제 순서이니 뒤에 가 서 줄을 서십시오"했다. 그런데 할머니는 여기가 자기 순서라 고 박박 우겨대면서 주위 사람들에게 자기가 아까부터 서있었 다고 말 좀 해달라며 동정표를 사기 시작했다.

상대는 동양인 젊은이! 주위의 러시아 사람들은 할머니 말이 맞다며 다같이 일심단결해서 할머니를 추켜세웠다. 아주 미칠 것만 같았다. '이번에 들어온 화물은 너무 여러 가지라서 세관원이 조금만 트집을 잡아도 통관이 어려운데 내일 다른 세관원이 하면 또 고생이겠구나'하는 생각에 나도 물러설 수 없었다. 결국 할머니와 몸싸움까지 했다. 그 사이에 러시아 사람들은 할머니 편을 들어주고, 나는 노인을 공경치 못한 죄값을 잠시 후에 톡톡히 받게 됐다.

5시 55분, 한 명만 더 받을 수 있는 시간에 할머니 화물을 통관하고 있었다. 예상대로 할머니는 서류를 엉망으로 만들어 왔고 그 자리에서 수정을 하고 이게 어쩌고저쩌고 세관원을 짜증나게 해버렸다. 결국 세관원은 그 할머니를 포기하고 퇴근해 버렸다. 6시가 되면서 문을 닫아버리는 창구와 유리문 소리가 이곳저곳에서 연달아 들렸다.

다음날 이 자리에 또다시 줄을 서야 한다……. 차를 타고 집에 오는데 눈물이 났다. 내 어머니보다 나이가 많아 보이는 할머니와 몸싸움까지 하고 러시아 사람들에게 망신을 당하고 내가 여기서 도대체 뭘 하는 건가. 이렇게 해서 뭐가 달라질 것이며, 내년엔 정말 좋아질까? 그것도 보장이 안되는데……. 모든 것이 하기 싫었다.

집에 가서 보드카 한 병을 다 마셨으나 잠이 오지 않았다. 그날 밤 서울에서 생활했던 일들, 직장생활, 야간대학 생활, 그래도 즐거웠던 생각을 하면서 애를 썼으나 도저히 잠은 오지 않고 서글퍼지기만 했다. (1994년)

김치의 위력 1

이 생각 저 생각에 잠 한숨 못 잔 채 새벽 5시에 공항으로 향했다. 일찍 가야 순서가 빨라 지기 때문에 일찍 서둘렀다. 집에서 자고 있던 기사를 전화로 살살 달래고 깨워서 공항으로 달려갔다. 6시가 안 된 시각인데도 창구엔 벌써 다섯 명 정도가 줄을 서 있었다. 12월 25일이었지만 러시아는 러시아 정교 크리스마스(1월 7일)를 더 큰 명절로 지내기 때문에 최소 인원이나마 근무를 했다.

드디어 내 차례가 되었다. 먼저 보여줄 만한 것들을 내놓으려고 했으나 그날따라 통관하기 어려운 것만 나오기 시작했다. 유아용 분유, 가전제품, 식품 모두가 검역 대상 품목들이다. 이걸 제대로 하려면 3일 정도는 걸릴 것 같았다. 나는 평소에 하던 대로 세관원을 설득하기 시작했다. 그 말도 안되는 러시아어 실력으로!

유아용 분유는 유학생이나 주재원 아기들을 위한 것인데 현재 러시아에는 유럽에서 가끔 원조품이 오고 있긴 하지만 그걸 구입하기도 어렵고, 유럽의 백인종이 먹는 분유와 동양인, 특히 한국 유아는 먹는 것이 다르기 때문에 반드시 한국에서 가지고 와야 한다고 우겼다.

가전제품, 특히 전기밥솥은 러시아는 있지도 않거니와 전압이 달라 휴즈가 자주 망가져서 이것도 무조건 한국에서 가지고 와야 한다고 했다. 식품은 대개 라면과 김치, 건어물 등인데 한국사람 체질은 매운 것을 못 먹으면 감기가 자주 걸려서 모스크바에서 버틸 수가 없다고 변명해 댔다.

그런 식으로 고비를 넘기고 있다가 세관원이 박스 하나를 더 개봉했는데 칼로 박스를 개봉하다가 그만 김치 포장을 건드렸다. 운송 중에 생긴 공기 팽창으로 김치 포장은 풍선처럼 부풀어 있었는데 칼이 닿는 순간 퍽 하고 터지면서 김치 국물이 세관원 얼굴로 튀었다.

세관원은 놀라서 난리가 났고 주위 사람들은 냄새 때문에 코를 막고 멀리 달아나는 상황이 되었다. 세관원이 김치 국물을 뒤집어쓰고 자리를 비우니 뒤에서 순서를 기다리던 사람들은 나에게 계속 짜증을 내고, 나는 한 시간 가까이 정말 바보처럼 멍하니 서 있었다. 이 사태를 어쩐다…….

얼굴에 튄 김치 국물은 한 시간을 닦아도 소용이 없었나 보다. 세관원은 새빨간 얼굴로 다시 오더니 진저리를 쳤다.

"빨리 덮어라! 그리고 이런 것 또 있냐?"

"나머지 30%는 그렇다. 또 보여줘야 하나?"

"여기 서류 있으니 빨리 가지고 나가라."

그러면서 통관 승인 도장을 '꽝!'하고 찍어 주었다. 그 승인 내용이 정말 기가 막혔다.

'모두 원조품이고 누가 구입할 사람이 없어 판매가 불가능. 무상처리 요망'

난 그날 세금 한 품 안 내고 통관을 했다.

한 달 후에 화물이 기존 공항에 밀려 또다시 그 공항으로 들어왔다. 예전에 김치를 뒤집어썼던 세관원은 서류를 확인하는 담당으로 앉아 있었다. 그가 먼저 나를 알아보고 이번엔 뭐냐 하고 물어보길래 "김치가 또 있어."라고 했다.

세관원은 내 말이 끝나자 마자 화물 개봉을 담당하는 다른 세관원에게 내 서류를 들고 가서 설명을 해줬다. 둘은 아마 이렇게 말했겠지.

"저 동양인 화물은 그냥 뜯지 말고 보내. 하나라도 개봉하면 여기 며칠간 고약한 냄새로 일도 못한다."

나를 힐끔힐끔 쳐다보던 세관원은 아무 말없이 또 무관세로 처리를 해주었다.

(1994년)

김치의 위력 2

일반적으로 통관하기가 가장 어려운 것이 식품인데, 사회
주의 국가의 특성상 식품 외에 책도 통관하기가 까다롭다. 우
즈베키스탄에 지사를 설립할 때, 러시아나 한국에 있는 다른
경쟁 업체와 비교하여 우위를 차지할 수 있으려면 우리 회사
만의 강점이 있어야 한다고 생각했다. 유럽과 미주 같은 경우
는 이미 많은 항공화물 회사들이 통관과 운송을 할 수 있기 때
문에 별로 관심이 없었고 다른 회사들이 꺼리는 지역을 치고
들어가야 한다고 처음부터 생각했다.

가장 먼저 공항으로 달려가 분위기를 파악하고 곧바로 서
울로 전문을 보내 우선 책과 음식, 서류 및 회사 집기를 보내
보라고 했다. 통관이 까다로운 품목으로 일부러 직접 부딪쳐
보기 위해서였다.

처음 통관은 예상 외로 너무나 쉽게 끝났다. 외국인이 직
접 통관하는 사람도 거의 없었고 일단 화물이 많지도 않았으
며 반입된 물건 대부분을 내가 개인적으로 사용할 것이라고

판단했는지 통관 시작 1시간 30분 만에 작업을 종료하게 되었다. 통관 방법과 세법을 체크해 보니 약 3년 전 러시아 통관절차의 수준이었다. 러시아 통관 업무에 익숙해져 있던 나에겐 식은 죽 먹기였다.

그렇게 한 달 정도가 지나고 있을 무렵, 그날따라 좀 복잡한 화물이 들어오게 되었다. 언제나 그렇듯이 화주가 처음에 말한 내용과는 다른 황당한 화물들이 튀어나오게 마련이어서 항상 대비하고 있어야만 한다. 신고서류에 식품, 생선, 비디오 테이프, 기타 이삿짐이라고 기입을 하고 1차 서류심사를 통과한 후에 물품 대조 심사를 받기 위해 다른 창구로 갔다.

첫번째 박스는 한국 식당에서 사용될 생선이었는데, 아이스박스로 포장되어 있었다. 세관원이 그 중 한 박스만 뜯어보라고 지시했다. 박스에서 나온 것은 대하(새우)였다. 그런데 여기서 문제가 발생했다. 세관원은 눈을 동그랗게 뜨면서 놀랐다.

"이게 뭐야! 어디서 나는 동물이고, 이게 정말 먹는 거야? 혹시 파충류 아냐?"

"무슨 소리야! 이건 바다에서 나잖아. 그리고…… 그리고…… ."

새우라는 러시아 단어가 갑자기 생각나지 않았다. 도저히 설명할 방법이 없어 현지 직원에게 설명하라고 했더니 그 직원 역시 고개를 저었다.

"이게 뭐예요? 나도 처음 보는 것인데."

세상에 새우를 모르다니! 어찌 이럴 수가…… .

우즈베키스탄은 바다가 없는 지형인 데다가 러시아에서 독립을 하고 나서 달러가 부족한 관계로 수입을 별로 하지 않아서 바다 생선이라고는 러시아식의 절인 고등어밖에 없었으니 현지인들 대다수가 새우를 모를 수밖에……

설명할 방법이 없어 급하게 사전을 가져와서 러시아말로 새우를 번역하여 작성한 후 어렵게 통과했다.

"너희 나라 사람들은 이렇게 징그럽게 생긴 것도 먹냐?"

그러고 나서 다음 박스를 개봉했는데 이번에는 비디오 테이프가 나왔다. 그런데 모두 정품이 아닌 공테이프에 녹화가 되어 있는 것이었다. 그 내용을 알 수 없었던 나는 교육용 프로그램이 필요해서 한국에서 보낸 것이라고 말했다. 세관원이 그 중 세 개를 무작위로 꺼내 세관실에 가서 비디오 테이프를 틀었다. 그당시 러시아와 한국은 TV 방식이 달라서 NTSC와 PAL 방식이 겸용되어야 볼 수가 있는데 세관 사무실엔 겸용 방식의 TV를 비치하고 있어 테이프를 재생하여 볼 수 있었다.

첫 번째 비디오!

아무것도 써 있지 않은 테이프에서 이상야릇한 음악이 흘러나오더니 갑자기 적나라한 화면이 나오기 시작했다. 그 유명한 에로 비디오 <젖소부인 바람났네2>였다. 신음소리도 그렇고 화면도 주위의 모든 사람을 압도할 만했으니……. 잠시 세관원들이 통관을 중단하고 모두 TV 앞에 모여들었다.

낄낄거리면서 세관원은 나에게 "뭘 교육을 시키는거냐?" 하고 물었다. 나는 아무 할 말이 없어서 교육시키다가 부모가 심심할 때 보는 것이니 이해하라고 둘러댔다. 다른 것 하나를 더 틀어보았는데 이번에도 첫 번째 것과 별반 다를 것이 없었다. 또다시 야릇한 음악이 나오면서 화면이 침대에서부터 시작되었다. 제목은 <어쭈구리>…… .

모든 업무가 중단되고 마침 그곳을 잠시 들렀던 세관장까지 와서 보며 정신 못 차린다.

"이것도 교육용이냐?"

정말 할 말이 없어서 다른 것을 보자고 하면서 비디오 테이프를 빼려고 했더니 세관장이 좀더 놔두라고 한다. 볼 만하다나…… 얼굴도 못 들고 있다가 세관장이 나가고 나서 마지막 하나를 틀었다.

첫 장면에 만화가 나왔다. '이번엔 살았구나' 하면서 "이건 아이들 용인데, 거봐라! 어른도 좀 보지만 대부분 이렇게 아이들 용 만화다. 빨리 통관 사인해 줘라."

세관원은 이런 야한 것은 아직까지는 우즈베키스탄에 통관이 될 수 없으니 다음부터는 좀 삼가해서 화물을 보내라고 말하고 통관 도장을 찍어주려고 하는 찰나, 또다시 아까와 비슷한 야릇한 소리가 들려오기 시작했다.

'어라? 만화인데 왜 또 야한 소리가 들리냐…….'

화면을 보니 분명 만화는 만화인데 이상하게 한복도 좀 짧고 저고리는 풀어헤쳐 있고 화면이 점점 에로물로 바뀌고 있었다. 성인용 만화 <누들누드>이었다.

세관원은 할 말을 잃었는지 주위를 한번 둘러보더니 그냥 빨리 가지고 나가란다. 그러면서 "저 만화 제목이 뭐냐?"하고 물었다. '누들누드'이라고 대답해 주니까 또 "그게 무슨 뜻이야?"하고 물었다.

난 그 뜻을 몰라서 그냥 "맛이 간 사람들을 그렇게 불러"라고 했다.

그렇게 진땀을 흘린 끝에 세관 통과가 끝났다. 그 이후로 그날 통관을 해준 세관원을 만나게 되면 그때마다 이 녀석은 악수 한번 하고는 꼭 실실거리면서 내 이름 대신 이렇게 부르곤 했다.

"헤이! 누들누드!"

(1998년)

신종 인플루엔자

우즈베키스탄 타슈켄트행 비행기를 탔다.

올 6월에는 대한항공을 타고 갔었는데 이번에는 아시아나 항공을 타고 갔다. 기존에 우즈벡항공과 아시아나 항공만 있다가 대한항공까지 취항을 하게 되어 전보다 기종이 최근 것으로 변경되어 항공기 실내가 너무 좋아졌다.

기내에서 액정으로 영화, 다큐멘터리를 보다 보니 7시간 30분이란 긴긴 시간이 금새 지나가고 곧 도착을 알리는 기장의 멘트가 나오기 시작했다..

"잠시후면 타슈켄트 공항 도착이군!"

내릴 생각을 하니 벌써 짜증이 나기 시작했다. 이번엔 또 얼마나 공항에서 대기하다가 밖으로 나갈 수 있을까!

도착하면 여권 및 비자심사 하는 데 줄 서야 하고, 짐 찾고 짐 검사하는데 또 줄 서야 하고, 대략 1시간 반이 또 소요될 것이고 그것도 서서 있어야 하니 짜증이 계속 났다. 더군다나 지난 6월에 출장시 또 변화된 모습을 보고 놀랐다.

비행기가 도착했는데 GATE에서 떨어진 곳에 멈추어 섰다. 사람들은 활주로로 내려서 버스를 타고 GATE 표시가 있는 곳으로 갔다. 버스가 멈추어 서고 문이 열리자 모두가 빠른 걸음으로 GATE에 들어가려고 했다. 좀 빨리 가야 여권, 비자 심사하는데 줄을 안 서기 때문이다.

그런데 GATE의 넓은 폭을 막아서 좁게 만들어서 간신히 사람 한 명 들어갈 수 있도록 막아 놨다. 모두가 웅성웅성하면서 뒤에서 밀치고 새치기하고 난리법석이었다. 드디어 내 차례가 와서 GATE를 통해 나오는데 하얀 색 가운을 입은 우즈벡 사람 두세 명이 붙잡고 어린시절 초등학교에서 쓰던 막대 온도계를 하나씩 나눠주는 게 아닌가!

한국사람들은 모두 다 이게 뭐야! 뭐 어쩌라구! 하면서 웅성웅성하는데 가운을 입은 우즈벡 사람들이 승객 한 사람 한 사람 일일이 오른팔을 올리게 하고 겨드랑이에 막대 온도계를 끼워주고 저 앞에 여권, 비자 심사하는 데까지 가라고 지시를 한다. 그들 모두 마스크를 쓰고 있었다.

아! 그때에서야 이해가 되었다. 이게 열화상 카메라를 의미하는 것이구만! 웃음이 나왔다. 그나저나 온도계에 내 체온이 38도 이상 되면 잡혀가겠다는 생각도 들었다.

난 온도계를 겨드랑이에 껴 두지 않고 그냥 안 보이게끔 하고 들고 앞으로 갔다. 그런데 내 앞에 있는 손님은 나보다 더 눈치가 있어 보였다. 함께 온 부인처럼 보이는 한국 여자에게 "절대 뛰어가지마! 뛰다가 체온 높아지면 잡혀가! 절대 뛰지마!"라고 하였다. 웃음이 나오기 시작했다. 불과 3~40여 미터를 갔을까! 여권비자 심사하는 곳 앞에 안전줄을 만들어 놓고 못 들어가게 하고 일일이 막대온도계를 받아서 온도를 확인하기 시작했다. 3~40여미터 걸어가면서 체온이 올라갈 일도 없어 보이고 참 한심하기도 하고 또 다르게 생각하니 신종인플루엔자 때문에 우즈벡 사람 여럿에게 또 일자리가 생긴 것이다. 온도 측정 직원!

그날 입국한 사람들은 아무도 신종플루에 걸리지 않은 것 같았다.

3일간의 우즈베키스탄 출장을 마무리하고 카자흐스탄 알마티로 가기 위해서 알마티행 비행기를 탔다. 기종이 소형이어서 비즈니스석은 8석인데 만석이어서 티켓을 못 구했다고 우즈베키스탄 법인장이 연신 죄송하다고 하는데 뭐라 할 사항도 아니고 이코노믹 티켓을 들고 기내에 올랐다.

타슈켄트에서 알마티로 출발하는 비행기는 비즈니스 만석이외에 이코노믹도 만석인 것 같았다. 이륙시간이 다 되었는데 이코노믹 자리가 마지막에 체크하니 딱 두자리가 비어 있었다. 바로 내 옆자리하고 맨 앞 불편하게 보이는 자리 한 곳 (러시아 기종은 이코노믹 맨 앞자리가 더 불편하다)! 출발시간이 지났는데 내 옆자리가 비워 있어서 난 좀 편하게 갈수 있을 것 같아서 좋았다. 기내 문을 닫기 직전에 한 명의 승객이 탔다. 내 앞으로 오는 것을 봐서 내 옆자리 승객인 것 같았다. 좋았던 기대가 무너지고 또 여기 이 뚱뚱한 러시아계 녀석이랑 같이 가게 생겼다! 그런데 그 순간 "에취, 에취!!" 연거푸

두 번 재채기가 나와서 기침을 했더니 그 러시아계 사람은 순간 놀랐는지 내 옆에 앉지도 않고 승무원에게 달려가서 둘이 뭐라고 쏙닥쏙닥 거렸다. 그리고 맨 앞 불편한 자리로 가서 앉았다. 나야 옆이 비어서 좋았다. 그 사람은 내가 사스인지 신종인플루엔자인지 모르지만 감염될 것 같았는지 맨 앞으로 가서도 날 계속 쳐다보았다.

'저 뚱뚱한 러시아계 친구 병이 더 많아 보이는데 날 무슨 병균 취급하는구만!'

잠시후 카자흐스탄 알마티 공항에 도착하여 내 짐을 찾았다. 일반 트렁크 가방 외 라면박스 크기의 종이 박스 하나가 더 있었다. 카자흐스탄 법인장이 그날 행사가 있어서 카자흐스탄에 없는 떡집이 우즈베키스탄에 있으니 선물용 떡 한박스를 부탁했었다.

나와 눈이 마주친 눈빛이 날카로운 남자 세관원은 그 박스를 X레이로 통과시키라고 하더니 그 박스를 들고 나보고 세관원 별도 사무실로 들어오게 하고 문을 닫아 버렸다. 슬슬 짜증이 나기 시작했다.

여기서 자주 쓰는 방법이 몇 가지 있다. 첫째, 러시아말 못 알아듣는다고 배째!!!라고 웃고만 있기. 둘째, 뭐 얼마 안되는 금액이니 반출이 안되는 것이면 버리고 가겠다. 셋째, 빨리 원하는 돈을 잘 협상하여 깎아서 집어주고 나오기이다.

우즈베키스탄 일정도 힘들었고 항공 좌석도 불편해서 빨리 돈을 주고 나와야 겠다고 결정했다. 결정 전에는 그전 준비사항이 또 필요하다. 지갑에 미화 10달러 또는 20달러 정도만 가지고 있고 나머지는 미리 가방에 숨겨 놔야 한다. 평소대로 가지고 있는 100달러 지폐 등은 서류가방에 넣고 다녔기에 협상을 시작했다.

"음, 검역이 필요한거냐? 아니면 버리고 가야하냐?"

러시아말을 사용하는 나에게 세관원은 쉬워지는군하고 생각하면서 웃으면서 검역해야 한다고 했다.

"검역에 필요한 것을 준비도 안 했고 우즈베키스탄에서 만든 것인데 왜 밖에 우즈베키스탄 사람들이 가지고 오는 디냐(메론의 일종)는 검역 안 하고 내 것만 하냐? 일단 내가 바쁘니까 여기서 검역하자. 비용이 얼마나 드냐?"

카자흐스탄 세관원이 말하기전에 내가 먼저 지갑을 보여줬다. 미화 10달러 두장!!

"미안한데 나 우즈베키스탄에서 돈 다 썼고 지금 20달러 뿐이니 이거로 안 되면 그냥 버리고 가겠다!"

순간 세관원은 황당한지 아무 말도 못했다. 외국인이었으니 돈이 더 있을 것으로 생각했겠지.

"정말 없어?"

"그 떡 우즈베키스탄에서 20달러 주고 산거야! 더 없다."

세관원은 아쉬운 얼굴로 20달러를 받고 날 밖으로 보냈다.

"아니 왜 이렇게 늦게 나오셨어요? 비즈니스 안타신거예요?" 밖에서 기다리는 카자흐스탄 법인장이 물었다.

"가자!! 떡값으로 20달러 더 줬다" 내가 대답했다.

(2010년)

앞으로 약 40분후

해외주재원들에겐 가능한 주말에 골프를 권하고 지원도 한다.

해외에서 근무하면서 스트레스를 풀지 못하면 더 큰 사고 가 발생되기에 가능한 몸을 많이 움직일 수 있는 운동을 권하 고 나 또한 출장을 가면 주말에는 주재원들 또는 현지 거래처 와 라운딩으로 시간을 보내곤 한다.

이번 출장은 러시아 법인을 거쳐서 우즈베키스탄 그리고 카자흐스탄이다. 한국에서 출발한지 9일이 지나서 카자흐스 탄 알마티에 도착했다. 카자흐스탄에서 사업을 희망하는 동창 이 온다고 해서 미리 대기했다가 합류했고 금요일 거래처 미 팅 주선 후 토요일 골프 라운딩을 했다.

일반적으로 출장 중에 골프는 제정신으로 라운딩이 어렵 다. 전날 보드카로 2차까지 마시고 나면 아침에 몸이 무거운 것은 당연한 일, 거기에 계절까지 여름이면 죽음이다.

카자흐스탄 알마티에는 골프장이 두 곳이 있다. 피곤했기에 코스가 짧은 곳을 선택해서 라운딩을 시작했다. 짧은 코스의 이 골프장은 잔디 상태도 그렇고 관리하는 사람들도 좀 엉망인 것은 알고 있었다.

골프채가 나왔는데 한국 골프장처럼 카트가 나오지 않았다.

"법인장 카트는 어디있니?"

"사장님 여기는 전동카트가 거의 없고요. 특히 주말에는 몇 대 안 되는 전동카트를 여기 현지인들이 반깡패식으로 예약된 카트도 먼저 돈 지불하고 가지고 나갑니다!"

오늘 접대용 골프이고 몸도 피곤한데 난리네! 그러면서 서울에서 온 동반플레이어를 쳐다보니 평소에 산을 잘타서 그런지 "어, 난 카트 별로 안좋아해! 걷는거 좋아하니 걱정말고 캐디만 있으면 돼!"라고 이야기하는 것이다.

그런데 캐디도 나오지 않는다. 이러 저리 현지 주재원이 뛰어다니고 있다.

"사장님!"

"어, 얘기안해도 돼! 느낌 왔어! 캐디도 없지? 너무 신경쓰지마!"

상황을 대충 파악하고 주재원에게 부담주지 않으려고 노력했다. 그리고는 카트 대신할 수 있는 핸드카에 각자의 골프채를 싣고 1번홀로 출발했다.

잔디상태가 좋지는 않았지만 그래도 편안한 동반자여서 5번 홀까지 쉽게 쉽게 나갔다.

출입구 도로를 건너서 6번홀에 도착하여 티샷을 하려는데 뭔가 크게 시끄러운 소리와 바람이 불어왔다.

"부두드드드!! 부두드드드!"

"뭐지! 회오리바람까지 불고 뭐야. 태풍인가!"

그러나 내 차례가 와서 어쩔 수 없이 티샷을 했다. 이런 분위기에 역시나 OB가 났다.

소리가 나는 하늘을 보니 헬리콥터가 6번홀 중간쯤을 상회하고 있었다. 나는 세컨샷을 하기위해서 6번홀로 걸어가면서 내가 들고 있던 골프채로 무언의 욕으로 골프채를 마구 흔들고 마치 총으로 생각하고 사격하려는 이미지를 보여줬다. 그리고는 6번홀 그린에 올라가고 있는데 하늘에서 소리가 더 커졌다. 그 헬리콥터는 6번홀 티박스로 착륙을 한 것이다.

순간 동반 플레이어가 눈이 동글해지면서 "아, 뭐야! 김사장 저 친구들 김사장이 골프채로 욕해서 화난거 아니야?"라고 하였다. 그러고보니 나도 그렇게 느껴졌다.

"에이 실수했다! 여기 고급공무원이나 경찰국장 뭐 그런 사람인가! 빨랑 도망가자!"

우린 서둘러서 7번홀을 그냥 지나서 8번홀에서 헬리콥터가 착륙한 6번홀을 숨죽여서 봤다.

6번홀 티박스에 3명 정도의 정장을 입은 카자흐스탄 현지인들이 대기하고 있었고 헬리콥터에서 3명이 내리더니 악수하고 안고 뭐라 얘기하더니 10분정도 지나서 다시 이륙하고 산 쪽으로 출발을 했다.

숨어서 숨죽이고 보던 우리 동반플레이어들은 서로를 쳐다보면서 실웃음을 짓고 말았다.

아무리 그래도 골프 라운딩중인데 아무 방송도 없고 헬리콥터가 착륙하고 여기 카자흐스탄만 가능할 것 같았다. 그저 즐거운 추억으로 생각하고 라운딩을 마무리했다.

다음날 일요일은 거래처 지인들과 라운딩을 좀더 고급스러운 골프장에 예약을 하고 오후에 도착했다.

어제보다는 잔디조건 및 전체적인 관리가 잘 돼 있고 특히 천산산맥의 만년설을 바라보면서 골프 라운딩을 하기에 전망이 정말로 좋은 골프장이었다.

여긴 캐디도 있었고 전동카트도 있어서 모두 예약하고 한국 골프장과 동일하게 라운딩을 시작했다.

전반을 즐겁게 라운딩하고 후반 라운딩 2번째 홀이다.

동반 플레이어 티샷이 오른쪽 러프로 들어가서 함께 볼을 찾아주고 있는데 갑자기 뒤에서 볼이 연속해서 2개나 날아왔다. 뒷팀에 있는 카자흐스탄 현지인들이 티샷을 해버린 것이다. 골프공은 야구공보다 딱딱해서 사람이 맞으면 다치고 죽을 수도 있다.

모두들 화가 나서 뒷팀 오기를 기다렸는데 무려 전동카트가 5대나 빠른 속도로 우리 팀으로 오자마자 120kg정도 되어 보이는 곰 같은 빡빡머리 50대 현지인이 욕을 하면서 우리에게 왔다. 카자흐스탄 언어는 이해를 못해도 그가 욕을 하는 건지는 분위기만 봐도 알 수 있다.

상황을 자세히 보니 그 뚱뚱한 곰 같은 현지인이 동반플레이어를 접대하러 온 것이다. 그러니 접대자에게 온갖 폼을 다 잡고 동양인 외국인에게 저리 비켜라는 식으로 화를 내는 것이다.

함께 따라온 골프장 매니저는 우리가 큰 소리 없이 조용히 자리를 비켜 주길 기대하는 눈치였다. 아마도 그녀석은 여기 카자흐스탄에서 돈 좀 버는 사업가인 듯하다. 순간 동반 플레이어 한사람이 골프채를 들고 나오자 그 뚱뚱이도 놀랐는지 한발 물러서서 자기 전용 벤츠에서 생산한 카트를 타고 우리를 앞서 가버렸다.

모두들 라운딩할 기분이 날아가 버렸다.

그러나 이때 우리가 더 화를 내거나 싸웠으면 우리에게 좋은 일은 없다. 우린 외국인이고 여기 돈 쓰러 관광 온 것이 아니고 돈 벌러 온 것이니. 비자문제, 회사, 주거문제가 있으니 참는 것이 더 피해를 줄일 수 있는 것이다. 잠시 후에 서로 웃음 지으면서 라운딩을 마무리하고 간단하게 저녁을 먹었다.

그날 저녁, 카자흐스탄 알마티에서 인천행 비행기가 있어서 바로 공항으로 출발했다. 15일간의 출장을 마치고 저녁 11시 밤비행기를 탔다.

"왜 이렇게 기내에선 잠이 안 올까!"

비행기 타기 전 술도 마셔봤고 또 누군가는 수면제 같은 약도 줬지만 그 약을 먹었더니 더 힘들었던 기억이 있어서 가능한 비행기 타기 전엔 술도 안 마시고 기내에서 와인 몇 잔 마시고 잠을 청하곤 했다. 그리고 새벽에 인천에 도착하는 스케줄에서는 아침 식사도 도저히 먹기가 싫었다. 20년 가까이 아침 운동을 하고 간단하게 야채만 먹었기에 비행기 안 아침 식사는 너무 부담이 되었다. 어렵게 어렵게 이번 비행도 끝나가는지 안내 방송이 나왔다.

"승객 여러분 저는 기장입니다! 이 비행기는 앞으로 약 40분후 대한민국 인천국제 공항에 도착할 예정입니다! 현재 인천국제 공항 날씨는 약간의 안개가 끼여 있으며 온도는 약 15도입니다!"

"음! 40분. 이제 화장실 좀 갔다가 집에 갈 준비해야지!"

승무원이 내 앞에 왔다.

"아침 식사도 안 하셨는데 라면이라도 드릴까요?"

평소 아침에 라면 먹으면 속이 불편해서 먹지 않았다.

"아닙니다. 집에 가서 먹을게요!"

그사이 다시 안내 방송이 나왔다.

"승객 여러분 저는 기장입니다! 지금 인천 국제공항의 날씨가 안개가 자욱해서 착륙을 할 수 없다고 합니다. 먼저 제주공항으로 착륙 후 안개가 걷히면 다시 인천국제공항으로 출발하겠습니다!"

점점 짜증이 나기 시작했다. 항상 세 끼 식사를 못하면 힘이 없는 나인데 아침도 안 먹었고 어찌할지 나에겐 방법이 없었다, 그저 기다릴 수 밖에.

그런데 15분 후 다시 안내방송이 나왔다.

"승객 여러분 저는 기장입니다. 현재 제주공항 활주로가 혼잡하여 대구공항으로 변경하겠습니다!"

앗!! 이건 또 뭐야!

정말로 비행기가 대구 쪽으로 가는지 왼쪽으로 기울고 있었다. 그런데 다시 15분 후 안내방송이 나왔다.

"승객 여러분 저는 기장입니다. 현재 제주공항 활주로에 착륙을 허가 받아서 다시 제주공항으로 변경하겠습니다!"

　이제는 비행기가 오른쪽으로 기울고 있다. 이제 웃음밖에 나오지 않았다. 날씨와 공항 상황으로 변경되는 것을 내가 뭐라할 상황이 안되었다. 기내에선 웅성웅성거렸지만 승무원에게 화내는 승객들은 없었다.

　제주공항에 착륙했다. 그러자 승무원이 나에게 라면이라도 드실 건지 여쭤봤다.

　그러나 지금 라면을 주문하면 그 강한 냄새로 여기저기 라면을 요구하는 승객이 많다고 착륙 전 라면 주문을 힘들어한다고 승무원 후배에게 들었기에 그냥 집에서 먹겠다고 했더니 기내식 스낵 땅콩을 건네 주었다.

　다행히 정말 다행히 제주공항에서 한 시간만 대기하다가 인천 공항으로 출발했다.

(2013년)

미녀천국

다음날 오전에 다시 여기 카자흐스탄 알마티에서 우크라이나 수도 키예프로 출장을 가야 했다.

해외법인에 출장오면 현지업체들과 저녁에 보드카 그리고 2차로 보드카 한 잔을 더, 이런 식으로 매일 저녁 반복하다 보면 당연히 얼굴도 푸석푸석, 건조한 날씨에 자주 코피가 난다.

"사장님 알마티에서 4박 5일 고생하셨습니다! 오늘 저녁은 식사만 하시고 마사지 좀 받고 가시죠!"

출장 와서 마사지를 받으면 코피나는 횟수가 좀 줄어드는 것 같았다. 마사지로 긴장을 풀어서 그런지 시간이 되면 자주 마사지를 받곤 했다.

"오늘 너무 피곤하니 식사하고 바로 갈수 있는 곳 있을까?"

"한국 식당 있는 건물에 마사지숍이 같이 있습니다!"

저녁식사에 간단하게 한국 소주 한잔하고 3층에 있는 마사지숍에 갔다.

현지법인장과 동생 같은 후배가 호텔방을 개조한 장소에

서 같이 마사지를 받기 시작했다.

"유라! 여기 마사지하는 여자들은 카자흐스탄 사람이냐? 왜 이렇게 덩치가 크고 얼굴도 크냐?"

후배인 유라가 킥킥거린다.

"여기 애들은 대부분 몽골에서 왔어요! 힘도 좋아요! 얼굴은 보지말고 그냥 눈감고 마사지 잘 받으세요"

20분정도 지났을까 등이 따갑기 시작했다.

"아……,아……, 아프다. 야 발레유(나 아프다, 러시아어)"

아프다고 신호를 줘도 몽골아줌마 마사지사는 그저 웃기만 한다. 한국말, 러시아말 모두 못 알아듣는 것 같다. 아프다고 하는데 내가 잘한다고 칭찬하는 것으로 받아드리는 것 같다.

등을 마사지할 때마다 계속 통증이 왔다. 마사지가 끝나고 등을 보니 입고있던 마사지 복이 나이론 옷감이어서 그런지 등이 까져버렸다.

"에이 짜증나네."

서울 집에 가면 와이프와 딸들이 내 등을 보고 또 핀잔을 줄 것 같았다.

알마티에서 우크라이나 키예프까지는 다행히 직항이 있다. 5시간이면 도착이 가능하다.

출장 기간 동안 5시간 정도의 비행 그리고 직항만 있으면 행운이다.

현지법인장이 예약해 준 비즈니스석을 타고 가기에 그나마 조금 편하지만 마사지 받고 생긴 등의 상처로 좌석에 기댈 때마다 따끔거려서 한잠도 못 자고 5시간을 이코노믹 좌석처럼 불편한 자세로 갔다.

우크라이나 키예프에 있는 보리스폴 공항에 도착했다.

여기는 2000년도 법인을 오픈했고 공항에도 사무실이 있다. 생각보다 많은 직원이 근무하고 있고 수익도 좋은 나에겐 숨은 보석 같은 법인이다.

"우와 공항 엄청 좋아졌네!"

"유로2012 축구를 공동 개최하면서 신공항도 건설해서 잘생기고 예쁜 우크라이나 사람과 어울릴 만한 공항이 생겼습니다!"

캐리어를 받아주는 여기 법인장이 인사하면서 우크라이나 자랑을 바로 시작했다.

"법인장 지금 몇 살이냐? 벌써 입사한지 20년째인데 장가 안 갈거냐?"

한국, 베트남, 러시아, 아제르바이잔 법인을 거쳐서 우크라이나 법인장을 맡고 있는 여기 법인장은 아직 미혼이다. 그 미혼 법인장이 웃으면서 "여기 우크라이나에서 벌써 9년차 근무인데요. 여기 미인들 얼굴도 이쁘지만 몸매가 너무 이쁘고 길쭉길쭉해서 도저히 다리 짧은 여자들과는 결혼을 못하겠어요!!"

"너도 짧은데 어쩌라고 그러냐!"

"알고있습니다. 그래서 장가 못가고 있습니다!"

우크라이나 하면 한국에선 체르노빌 원전사태, 러시아와 분쟁국가 이정도로만 알고 있다.

그러나 우크라이나 수도 키예프는 체코 프라하만큼 예쁜 도시이다. 러시아 및 중앙아시아 국가중에서도 가장 심성이

고우면서 미남 미녀가 많은 나라인데 한국에서 직항이 없기에 한국에 별로 알려지지 않은 나라이다.

오히려 우크라이나를 우즈베키스탄으로 잘못 인식에서 한국에선 우즈베키스탄 가면 한국의 뭐 배우와 같은 미모의 여인들이 밭을 갈고 식당에서 일한다는 소문이 있지만 그건 사실이 아니다.

만약에 그렇다면 그건 우크라이나 여성들일 것이다.

인구가 4천5백만 명으로 한국과 비슷하고 면적은 한반도의 4배 크기로 철광, 원목, 곡물이 수출되고 흑해가 있는 반도국가이기에 한국과 비슷한 지정학적 위치로 많은 전쟁을 치른 나라이기도 하다. 최근 러시아와 분쟁을 보면 알겠지만 오래전부터 러시아와 관계가 좋지 않았다. 한국과 일본보다 더 심한 것 같다.

이런 나라에 2003년에 출장 왔을 때가 기억난다.

그 당시 한국에서 온 손님들과 문화부 장관을 미팅할 때 "우크라이나에 대해서 아시는지요? 우크라이나에서 태어난 유명한 분들은 아시는지요?"라고 문화부장관이 내 옆에 있던 한국인에게 물어봤다.

그 분은 당연하게 잘 안다는 식으로 "아, 예. 전 오래전부터 시인 푸쉬킨을 좋아 합니다!" 그러면서 한국말로 푸쉬킨 시인의 삶이란 시를 읊었다.

"삶이 그대를 속일지라도 노여워하거나 슬퍼하지 말라!"

통역을 담당하던 우리 직원이 러시아말로 통역하는 순간 분위기가 싸늘해 졌다.

"푸쉬킨은 우리나라 사람이 아닙니다. 러시아 사람입니다. 그리고 여성 편력도 있고 그러한 문제로 결투를 벌이다가 죽은 사람입니다!"

우크라이나 문화부 장관은 낮은 목소리로 푸쉬킨을 설명했다. 그러면서 날 쳐다보았다.

노문학을 전공하지도 않았고 우크라이나 책도 안 읽어봤는데 나보고 어쩌라는건지.

"아…… 예, 저는…… 어…… 그게…… 세브첸코를 잘 알고 좋아합니다!"

그 당시 영국 프로축구 첼시에서 뛰고 있었던 우크라이나 출신 축구 선수 이름이 떠올랐다.

문화부장관의 눈이 커졌다, 그가 웃으면서 내 손을 잡고 "우리 세브첸코 시인을 어떻게 아느냐? 정말 고맙다."라고 말하며 앞에 있던 보드카잔에 보드카를 가득 따라주면서 서서 연신 고맙다고 했다.

순간 나도 눈치채고 법인장에게 세부첸코 시인으로 통역 잘하라고 했다. 순간의 선택으로 그날 분위기가 잘 바뀌었고 미팅 내용도 좋아졌던 기억이 났다.

우크라이나에서 세브첸코라는 성은 한국에선 이씨나 김씨처럼 많이 있어서 우크라이나 문화부장관은 내가 말한 축구선수를 시인 세브첸코로 다행히 이해해주었다.

"여기 비즈니스 어떠니? 본사에서 지원해줄 것이 있나?"
"5년전 오뎃사에 있는 물류회사도 인수해 주시고 해서 승승장구하고 있습니다. 문제는 정치적인 상황인데, 내년 총선에서 현정권이 무너지면 그동안 만든 인맥을 다시 만들어야 하고, 특히 러시아와의 관계에 따라서 비즈니스 방향을 설정해야 합니다."

저녁에 주요거래처 사장과 함께 식사하고 2차로 보드카 한잔을 더 마시고 호텔로 갔다.

차안에서 법인장은 "사장님 여기 1박만 하고 가시는데, 내일 러시아 모스크바로 가는 일정이 많이 불편합니다."라고 하였다.

나도 알고 있었다. 2015년까지는 키예프와 모스크바는 비행기로 1시간 30분이면 가능하고 하루에도 몇십 편이나 항공 스케줄이 있었지만 러시아와 분쟁이후 서로의 항로를 금지시켰다. 지금 여기서 갈 수 있는 방법은 폴란드나 벨라루시 또는 핀란드를 경유하여 대략 6-8시간이 소요되는 구간뿐이었지만 지난번 벨라루시에서 경유시 너무 불편해서 이번에는 기차를 선택했다.

"저녁 8시에 출발해서 내일 아침 10시에 도착합니다. 14시간 소요됩니다! 사장님 불편하실까봐 2인실 룩스를 예약했고 옆자리까지 예약했습니다!" 법인장이 말했다.

룩스는 2인실 침대칸을 의미한다. 20년전에 모스크바에서 상트페테르부르크로 갈 때 침대 기차를 타본 후 오랜만이었다. 고맙게도 2인실을 전체 예약해주는 호사스러운 기차 이동이 되었다.

기차를 타기 전 한국식당에서 식사와 보드카 한잔하고 반쯤 남은 보드카와 김밥 그리고 근처에서 맥도날드 햄버거를 챙겼다.

기차 탑승 전 1리터 생수 페트병 하나를 주워서 가려고 하니 법인장이 물어봤다

"페트병은 뭐하시게요? 생수 한 병 더 사드릴까요?"

"아니여, 이건 요강이야. 2인실은 밖에서 잠금 장치가 없으니 내가 화장실 가기가 불편하잖아."

기차 출발전에 우크라이나 승무원이 내방으로 왔다.

"출발 1시간후에 우크라이나 국경에서 세관 검문이 있고, 다시 출발 후 1시간 지나면 러시아 국경에서 세관 검문이 있으니 문을 열어줘야 합니다!"

통통하고 눈이 동그란 우크라이나 아줌마가 웃으면서 알려줬다. 기차가 출발하자, 난 반바지로 갈아입고 보드카 한잔을 더 하면서 노트북으로 한국 영화를 봤다. 한국의 KTX보다는 많이 흔들렸지만 오랜만에 혼자서 2인실 방에 있으니 다시 30대 러시아 생활처럼 즐거웠다. 보드카를 4잔 정도 마실 즈음에 기차가 멈추었다. 잠시후 노크를 해서 문을 열어주니 정말로 이쁘게 생긴 40대초반의 우크라이나 여자 세관이 여권을 달라고 했다.

"우와, 여긴 40대이고 세관원인데도 이렇게 이쁘냐!" 괜히 기분이 좋았다.

눈도 크고 동글한 세관원이 왜 러시아를 가는지 물어봤고, 난 동생이 살고있기에 여행 간다고 했다. 러시아는 한국사람에겐 여행시 무비자이고 비즈니스 목적이면 비자를 받아야 한다. 무비자로 가기에 여행이라고 해야 한다. 세관원이 나가고

10분이 지나자 또다시 노크를 했다. 문을 열었더니 헥헥 거리면서 개가 한마리 들어오더니 날 한번 쳐다보고 탁자에 있는 햄버거는 쳐다도 안보고 내 가방 두 개를 냄새 맡기 시작했다.

이번엔 우크라이나 남자 세관원이 기차 안으로 들어왔다.

"이 가방에 뭐가 있는지요?"

신발, 옷 뿐이라고 하니까 바로 개와 함께 기차에서 내렸다.

30분정도 지나니 다시 기차가 출발했고 1시간후에 다시 기차가 멈추었다. 노크소리가 컸다. 이번에도 여자세관원이다. 그러나 러시아 사람. 왜 미리 문을 안 열어놨는지 짜증을 내는 것처럼 인상을 쓰고 있었고, 1시간전에 봤던 우크라이나 여자세관과는 다르게 뚱뚱하고 눈빛이 날카로웠다. 똑같은 것을 또 물어본다. 왜 러시아에 왔는지. 그리고 10분이 지나자 또 노크 소리가 났다. 이번엔 러시아 남자 세관원이었다. 러시아 모스크바 공항에 도착하면 세관원들이 전과 다르게 많이 부드러워졌는데 여기 우크라이나 국경에서 넘어오는 곳 세관원들의 날카로운 눈빛은 변함이 없어 보였다.

기차로 출장도 그렇게 편하지는 않구만! 다음 출장에도 또이 기차를 탈것인지 고민이 된다. 그래도 환승없이, 줄 서서 세관수속없이 이번 출장의 마지막 장소인 모스크바에 도착했다.

(2018년)

광활한 대지, 러시아

칼

회사 소유의 트럭 하나 없던 시기에는 화물을 운송할 때마다 당일날 트럭을 임대하였다. 어느 눈 오는 날이었다. 직원이 트럭 기사를 데리고 왔다. 5톤 트럭으로 20년 정도는 족히 되어보이는 오래된 트럭이었는데 문제는 트럭보다도 그 기사의 눈빛이 너무나 마음에 안 들었다. 마치 갱 영화에서 조직폭력배로 잘 나오는 배우와 너무나 흡사했다.

그날도 통관은 힘들었다. 마감시간을 임박해 어렵게 통관을 끝냈다. 화물을 받아 공항에서 출발한 시간이 오후 5시였다. 거기서 사무실까지는 한 시간이 채 안 걸리는 거리였고 빨리 가서 분리작업 후 배달할 생각만 하고 있었다.

그런데 트럭이 너무나 천천히 달리는 것이었다. 눈이 좀 내린 건 사실이었지만 모스크바의 겨울은 거의 매일 눈이 내린다고 해도 과언이 아닐 정도이니 눈 때문이라고 하기엔 지나칠 정도로 속도가 느렸다. 너무 천천히 가기에 빨리 가자고 재촉했지만 아무 답변도 없었다.

사무실 도착 시간은 6시 40분. 화물을 내리고 직원을 시켜서 기사에게 약속대로 80달러를 전달했다. 그런데 밖에서 큰 소리가 나더니 곧이어 사무실 문을 박차고 그 눈빛 안 좋은 기사가 들어왔다. 40분을 더 일했으니 하루 일당을 더 지불하라는 것이었다.

좀 황당했지만 10달러 정도 더 주고 끝내려고 했는데, 이 녀석이 하루치 일당을 다 내놓으라고 책상을 꽝꽝치고 난리가 아니었다. 하는 행동도 괘씸하거니와 그렇게 쉽게 80달러를 잃어버리기가 싫었다. 10달러만 더 주고 모른 체했더니 기사는 영화에서 람보가 사용하는 것 같은 길고 예리한 칼을 꺼내 직원과 나를 협박하기 시작했다. 느낌만으로는 권총보다 그 칼이 더 섬뜩했다.

그러나 나는 그 순간에도 그 돈 때문에 이 놈이 나를 어찌하지 못할 것이라 판단했다. 우선 직원들이 그 기사의 여권을 보았고 차량번호 등도 모두 알고 있다는 걸 그 녀석도 알고 있었기 때문이다. 협박하는 강도가 높아지자 직원들은 나에게 제발 나머지 돈을 줘버리라고 사정을 했다. 그 상황에서 트럭기사는 건달 친구들에게 전화해서 여기 사무실을 뭐 어찌한다고 떠들어대고 가관이었다.

내가 돈이 없다고 버티는 사이 직원들끼리 돈을 모은 모양이었다. 5달러, 10달러 해서 30달러를 모았고 나머지 40달러는 밖에 나가서 1층에 있는 상점에서 빌려서 그 기사에게 주는 것이었다. 그걸 본 순간 나는 직원들에게 화를 냈다.

"왜 허락도 안했는데 돈을 주냐!"

"익준! 우리 월급에서 제하면 돼, 가불로 생각해"

내가 돈이 없어서 주지 않은 것으로 생각하는 거야?"

"돈이 없다고 했잖아! 그래서 우리가 상점에서 빌려왔고!"

정말 화가 났다. 그런 건달에게 돈을 빼앗겼다는 것에 흥분이 가라앉지 않았다. 트럭 기사가 가고 난 뒤 잠시 후에 금고에서 돈을 꺼내 직원들에게 주고 상점에서 빌린 돈도 갚으라고 했다. 이번엔 직원들이 화를 냈다.

"돈이 있으면서 왜 없다고 한 거야? 우리보고 죽으라고? 그리고 당신도 죽는데 왜 돈을 안 준 거야? 우리가 80달러짜리도 안 되는 사람들이냐?"

아무말도 하기 싫었다. 직원들이 다 퇴근하고 혼자 어두울 때까지 사무실에 있다가 집에 돌아와서 보드카병을 꺼냈다.

술을 몇 잔 마시니 좀 안정이 되었다. 내 자신이 불쌍해 보였다. '80달러 때문에 내가 목숨을 내밀고 버티고 있었구나. 여기 모스크바까지 와서 이렇게 비참하게 살면서 그 돈 아끼려고 직원들에게 그런 모습을 보였구나.'하고 생각하니 말할 수 없이 서글펐다.

너무나 아둥바둥 살았던, 아주 오래된 옛날 이야기 같기만 한데, 다시 생각하니 불과 9년 전의 일이다.

95년 겨울 차터 통관이 시작되기 몇 개월 전에 이런 일도 있었다. 한국계의 다른 운송회사에 계신 분이 급히 찾아왔다. 그분은 사흘 전에 서울에서 왔다고 했다. 현지 바이어가 요청한 대로 10톤의 화물을 모스크바 외곽의 컨테이너 세관으로 보냈는데 현지 러시아계 파트너가 주소를 잘못 보고 그냥 아

무 생각 없이 모스크바 공항 세관으로 입고를 시켰다는 것이
다.

바이어는 외곽의 컨테이너 세관에 미리 등록을 해놓았기
때문에 모스크바 공항으로 가서 찾을 수도 없고, 이미 중간 아
니기에 덜 위험하다고 생각되지만 실제로 사고를 당한 사람들
의 대부분이 사업상 문제 때문이다. 현지 바이어와 이런 저런
문제로 외상거래를 하게 되어 미수금이 20,000달러 이상 넘어
가게 되면 그들은 딴 생각을 할 수도 있는 것이다.

그 당시 공공연하게 들리는 말로는 5,000달러면 청부살
인이 가능하다고 했다. 실제로 집 앞 키오스크 주인도 나와 어
느 정도 안면이 생기자 나에게 사업하다 문제 있는 놈들 있으
면 부탁만 하라고, 500달러만 주면 다리 정도는 부러뜨려주겠
다고 농담 반으로 말한 적이 있다.

현지 사정이 이렇다보니 불량제품을 납품해서 손해를 끼
치거나 외상거래를 해서 미수금이 쌓이거나 하는 것은 목숨이
왔다갔다할 정도로 큰 위험요인이 되는 것이다.

동네 불량배와 마피아는 대부분 돈 자체가 목적이라 살인
까지 할 충동은 크게 못 느끼는 것 같으나 사업상 발생되는 외
상거래 등의 문제는 채권자만 죽고 없으면 자연스럽게 돈을
안 갚아도 되니 오히려 사업문제로 생명의 위협을 느끼는 경
우가 많을 수밖에 없다.

지금도 현지 업체들과 거래할 때에는 선결제 후 제품(화
물)을 전달하는 방식으로 운영하지만 부득이한 사정으로 미수
가 발생될 소지가 있으면 그 자리에서 어느 정도 할인을 해주

고 끝내라는 지시를 한다. 약간의 손해를 보더라도 이렇게 끝내 딜러들이 선금을 내고 기다리고 있는 상황이어서 화물을 당장 내놓지 않으면 다 같이 죽는다고 난리를 치고 있다는 것이었다.

현지 사정을 아무것도 모르는 상황에서 이런 일을 당했는데 어디 도움 청할 곳이 없어서 찾아왔다고 하면서 그 바이어에게 같이 가서 해결방법을 의논해 달라고 했다.

사실 나로서도 별다른 방법은 없었다. 화물이 도착된 세관에서 통관하는 것이 원칙이므로 도착된 공항으로 가서 찾지 않으면 그대로 압류당할 수도 있는 상황이었다. 일단 그렇게 각오하고 도움이 될 수 있을지 없을지 가서 파악해 보자고 했다.

러시아 바이어는 젊고 키가 컸다. 그는 우리가 있는 사무실로 들어오자마자 우리 앞 테이블에 식칼 크기의 예리한 칼을 올려놓았다.

"이 일을 해결 못 하면 둘 중 하나는 죽는다! 해결책이 있냐?"

처음에는 놀랐지만 나는 곧 담담해졌다. 솔직히 내가 죽을 일은 없는 것이다. 서울에서 오신 물류회사 직원인 그분이 죽거나 그 바이어가 죽는다는 얘기이니 나는 제 삼자의 입장에서 비교적 이성적으로 현재 상황을 판단할 수가 있었다.

서류에는 '서울-헬싱키-모스크바 외곽 세관'으로 기입이 되어 있는데 중간에 기사가 주의를 기울이지 않아서 '서울-헬싱키-모스크바 공항 세관'으로 전달하고 사라진 것이다. 유럽이나 헬싱키 등에서 온 기사들은 대부분 러시아어를 모르는 사람들이므로 '모스크바'라는 단어만 보고 모스크바 공항으로 간 것이 분명했다.

일이 터진 지 벌써 15일이 지난 시점이었다. 모스크바 공항은 그 당시 한국과 중국에서 오는 화물들로 호황을 누리고 있어서 창고료가 무척이나 비쌌다. 10톤의 화물이 15일간 창고에 있었으니 창고료만 해도 벌써 70,000달러였고 매일 추가가 되었다. 현재 상황으로는 창고료를 지불하더라도 그 화물을 빼내 올 수 있는 방법조차 없었다.

바이어는 창고료를 지불할 테니 화물만 찾을 수 있도록 해 달라고 나중에는 나에게 사정을 하기 시작했다. 서류를 들고 공항 사무실로 다시 돌아와서 직원들과 머리를 맞대고 연구를 하기 시작했다.

"엠마, 그 화물을 못 찾으면 누가 힘들어지지?"

"바이어하고 물류회사 말고 누가 또 있어?"

"공항 세관과 창고도 골치 아프겠지. 그 화물을 안 찾고 계속 거기 있으면 골치 아프지 않겠어? 엠마가 가서 세관장하고 창고장 만나서 협박 좀 하고 와."

이렇게 해서 엠마가 세관장실에 들어가고 약 세 시간이 지났을 때 세관에서 연락이 왔다. 나는 바이어에게 연락해서 빨리 돈 가지고 오라고 하고 서류를 준비했다. 바이어는 한 시간도 안 돼서 007가방을 들고 공항 사무실로 왔다. 바이어가 막 가방에서 70,000달러를 쏟아내고 있는데 엠마가 밖에서 큰소리로 떠들면서 들어왔다.

"세관장과 창고장이 골치 아프다고 창고료 30,000달러만 지불하고 오늘 안으로 화물을 중간 도착지였던 헬싱키로 돌려보내래! 익준, 나 잘했지?"

나는 그 순간 얼굴이 일그러졌고 바이어는 환호성을 질렀다. 화물을 찾게 된 것 뿐만 아니라 창고료를 40,000달러나 절감하게 됐으니 기쁨을 감추지 못하고 고래고래 환호성을 질러댔다.

엠마의 큰 목소리 때문에 앉은 자리에서 40,000달러가 날아갔다. 바이어가 원가를 다 알았으니 처음 화장실 들어갈 때와 나올 때의 생각이 당연히 달라질 수밖에 없었다. 결국 2,000달러의 수수료만을 지불하고 그 바이어는 너무 기쁜 나머지 엠마에게 TV를 한 대 선물로 사줬다.

그날 크게 마진을 얻지는 못했지만 서울의 물류업체는 그 이후로 우리 회사에 모든 화물을 맡기게 되었고 그 바이어도 문제가 있을 때마다 항상 우리를 찾아왔다.

(1996년)

러시아에선 안 되는 일이란 없다. —노회찬 의원님을 생각하면서

처음 이 도시의 이름은 상트 페테르부르크(Sant Peterburg) 였으나 혁명 후 레닌그라드로 바뀌었고 최근에 다시 상트 페테르부르크로 변경되었다. 상트 페테르부르크의 기차역 중앙엔 레닌 동상이 있었으나 10년 전에 표트르(Pyotr) 대제 동상으로 대체되었다.

나는 이곳을 업무상 수십 번 다녔고 여행으로는 두 번 다녀왔다. 두 번째 여행은 결혼하고 모스크바에 잠시 집사람이 왔을 때인 96년도였다. 그 당시 노동운동가 두 분을 파리에서 만난 적이 있는데 우연히 모스크바에서 다시 만나자 기쁜 마음에 함께 여행을 하게 되었다.

노동운동가 두 분은 상트 페테르부르크 여행을 준비하고 왔기 때문에 사전에 2인실 침대 기차표를 예매한 상태였으나 우리 부부는 갑자기 동참하기로 결정을 해서 티켓이 없었다.

그러나 러시아에서 안 되는 일은 없는 법! 우리 네 명은 무작정 기차역으로 갔다. 모스크바 - 상트 페테르부르크 구간 기차의 이름은 한국말로 하면 '붉은 화살'인데 1/3은 일반 여객 좌석, 1/3은 4인실 방, 그리고 나머지 1/3은 2인실 방, 그리고 식당칸으로 되어 있다. 러시아에 오면 이 기차를 꼭 이용해 보라고 권하고 싶다. 한국에선 이용할 수 없는 2인실이나 4인실 방을 예약하여 네 개의 조그만 침대가 아래 위로 있는 그 조그만 방에서 밤새도록 친구들끼리라면 보드카를 마시며 우정을 다지기 좋고, 부부나 연인끼리라면 새록새록 쌓이는 연애감정도 느낄 수 있어 즐거울 것이다.

어쨌든 네 명이서 표 두 장만 가지고 역으로 갔다. 우선 여분의 기차표가 있는지 확인했지만 남아 있는 표가 없었다. 8월 성수기여서 여행객도 많았고 암표도 없었다. 표를 못 구하면 두 사람만 배웅해 주고 다시 숙소로 돌아올 참으로 기차 앞까지 갔다. 그런데 승무원을 보자 번개처럼 머리에 떠오르는 생각이 있었다.

내 앞에서 뚱뚱한 승무원 하나가 티켓을 확인하고 있었는데 다짜고짜 두 개의 기차표를 보여주면서 "네 명이 2인실에 갈 수 있나?"라고 물었다. 승무원은 처음엔 "입석은 안된다. 걸리면 내가 잘린다" 했지만 내가 티켓 두 장 값을 손에 쥐어주자 태도가 변했다. 편도 티켓 한 장 가격이 80달러였으니 두 장이면 160달러였다. 적은 금액이 아니었던 것이다.

"일행 두 명이 있는 칸에 같이 있다가 출발하면 나와라"

우리는 '출발 후 어디로 나오라는 거지?' 하고 어리둥절했지만 어쨌든 신이 나서 기차에 올라탔다. 2인실에 네 명이 들어가서는 '역시 러시아'라고 즐거워하며 보드카와 맥주를 마시고 있는데 그 승무원이 와서는 우리를 다른 방으로 데리고 갔다. 객실 칸마다 맨 끝에 있는 승무원 침대칸이었다. 일반

객실의 1/2 크기로 미니 침대가 하나 놓여 있었는데 너무나 깜찍했다.

승무원은 자기 걱정은 하지 말라며 돈 벌어서 좋다고 하고 나갔다. 우리 일행은 그 공간을 보고 서로 자겠다고 했다. 협소해서 한 명은 승무원이 여분으로 준 담요를 덮고 바닥에서 자야 했지만 언제 그런 자리에서 자볼 수 있냐고!

결국 두 손님이 그 자리에서 자고 우리 부부는 손님의 기차표를 받아 2인실에서 자고 상트 페테르부르크에서 아침을 맞이했다. 기차역에서 돌아갈 기차표를 알아봤지만 역시나 표가 없었다. 그러나 우리는 모스크바에서 그랬듯이 여기서도 승무원에게 부탁하면 되겠지 하고 신경도 안 쓰고 관광을 했다.

나는 상트 페테르부르크에서 가장 인상 깊은 곳으로 왕들의 여름 휴양소였던 '여름궁전'이란 곳을 좋아한다. 70년대 후반에 아버지가 해외에 근무하시면서 바다가 보이는 분수대의 사진을 가지고 오셔서 액자로 만든 대형 화보가 있었다. 지금은 그게 큰형 집에 걸려 있는데 그곳 분수대는 정말 멋있었고 난 그게 로마인 줄만 알았는데 사실은 쌍 상트 페테르부르크의 여름궁전의 일부였다.

그날도 여름 궁전을 가기 위해서 배를 기다리는데 우리가 보는 앞에서 배가 떠나고 말았다. 다음 배까지 한 시간 반을 기다려야 한다는 말에 하는 수 없이 택시로 가기로 했다. 대부분 허가없는 택시들이어서 타기 전에 흥정을 해야 하는데, 그날 흥정은 너무나도 쉽게 되었다. 한 시간 반 거리로 30달러를 요구했다. 난 적당한 가격으로 판단하고 흥정하지 않고 올라

탔다. 그런데 시내를 빠져나와 30분 정도 달렸을 때 택시 기사는 생각보다 멀다고 하면서 50달러를 요구하더니 한 시간이 지나자 80달러를 요구했다.

'그러면 그렇지…… 그렇게 쉬울 리가 없겠지…….'

정말 짜증이 났다. 돈이 아깝기도 했지만 기사의 버릇을 고쳐놔야 다른 한국 여행객들을 만만히 보지 않고 조심할 것이라 생각하고 머릿속으로 작전을 세웠다.

기사에게 우린 어차피 상트 페테르부르크로 돌아가야 하니 두 시간 정도 기다려서 같이 가면 왕복 100달러를 주겠다고 했다. 기사도 어차피 돌아가야 하기 때문에 흔쾌히 좋다고 해서 우선 50달러면 주고 내렸다.

일행은 30달러로 계약했는데 어떻게 50달러를 주느냐, 저런 기사는 그냥 두면 안 된다 하고 의견이 분분했지만 난 그냥 놔두고 여름 궁전 관광이나 하자고 했다.

입구에서 표를 구입하려면 길을 건너 매표소로 가야 했다. 많은 사람들이 무단횡단으로 길을 건너길래 그 무리에 끼어 건너고 있는데 경찰이 우리를 잡았다.

"너희들은 무당횡단했으니 범칙금을 내야 한다."

"아니, 무슨 소리야! 여긴 횡단보도도 따로 없고 이 많은 사람들이 다 건너고 있는데!"

"그건 모르겠고…… 어쨌든 불법은 불법이다. 그리고 이렇게 많은 사람들을 내가 어떻게 다 잡아서 범칙금을 부과하나? 낚시한다고 강에서 놀고 있는 고기 다 잡을 수 있어? 당신들만 재수없게 걸린 거니깐, 잔소리 말고 벌금이나 내고 가라."

일행 모두 황당한 표정으로 경찰을 보고 있고 경찰은 아무렇지도 않게 벌칙금을 받아갔다.

관광을 마치고 나는 일행을 데리고 궁전 안쪽에 있는 부둣가로 갔다. 그곳엔 상트 페테르부르크 시내로 가는 배가 기다리고 있었다. 일행 중 한 사람이 기다리고 있는 택시 기사는 어떡하냐고 했지만 나는 택시에서 내릴 때부터 그럴 생각이었다. 내가 쓸데없이 보복을 했는지 모르지만 그때는 그렇게 하는 것이 정답인 것 같았다.

배를 타고 시내로 돌아와서 다시 모스크바행 11시 기차를 타기 위해서 기차역에 도착 후 전날 저녁과 똑 같은 방법을 시도했다. 그러나 이번 승무원은 거절을 했다. 세 칸을 더 지나서 다른 승무원에게 간신히 허락을 받고 돈을 냈다. 또 다시 즐거운 마음으로 네 명이 2인실에 모여서 맥주를 마셨는데 기차가 출발하기도 전에 사가지고 온 맥주가 다 떨어졌다. 시계를 보니 10시 50분, 약간의 여유가 있어서 내가 밖에 나가서 더 사오기로 했다.

그러나 난 그때 이미 많이 마신 뒤였다. 그리고 우리 기차 칸은 맥주를 판매하는 곳에서 너무나 멀었다. 일단 걸어서 가는데 순간 느낌이 이상해서 돌아보니 칸마다 있는 출입구가 동시에 잠기는 소리가 들리고 기차가 출발하기 시작했다.

순간적으로 술이 다 깨버렸다. 기차 안엔 러시아말을 전혀 못 하는 세 명만 있는데, 그리고 내 여권이고 뭐고 나를 증명할 수 있는 것들은 다 기차 안에 있는데…… 내가 탈 기차칸으로 뛰어가다간 놓칠 것 같아 바로 앞의 기차칸에 매달렸다.

그곳에 있는 승무원이 나를 보니 빨리 내려가라고, 매달리면 위험하다고 소리를 쳤다. 칸마다 승무원이 다르니 이 승무원은 당연히 나를 보지도 못했고 기차표 없이 타려는 공짜 손님으로 오해를 한 것이다. 사실 기차표가 없이 타긴 했지만 이렇게 혹독하게 당할 줄은 몰랐다.

기차 속도는 점점 빨라지고 있었고 불안한 마음에 제발 문을 열어달라고 소리를 질렀지만 승무원은 열어주지 않고 버티고 있었다. 마침 담배를 피우러 나온 체첸계 사람이 나를 발견하고 빨리 문 열어주라고 소리를 지르는 것 같았다. 그래도 승무원이 열어주지 않자, 그 승객은 문 앞에 있는 승무원을 밀어버리고 문을 열어주었다.

나는 그 승객에게 감사하다며 몇 번이고 머리를 숙였고 승무원에게는 내가 알고 있는 러시아 욕은 다 한 것 같았다. 그렇게 죽을 고생을 하고 어렵게 우리 칸으로 돌아와보니 일행은 아무것도 모른 채 화투를 치고 있었다. 그리곤 빈 손으로 온 나를 보고 얼마전 안타깝게 세상을 달리하신 그분이

"맥주도 안 사오고 뭐 했어?" 하고 물었다.

(1997년)

러시아에서 가장 무서운 것은?

　모스크바에서 가장 만나기 싫은 사람은 경찰이다. 한국의 경찰과 비교하면 상상을 초월한다. 러시아 경찰은 러시아 사람들한테도 무서운 존재로 인식되어 있는데 더군다나 자국민 위주로 경찰 업무를 하기 때문에 외국인 입장에서는 정말 무시무시한 존재이다.

　모스크바에서 지방 출장을 갈 때였다. 새벽에 출발하여 흑해지방, 즉 현재 분쟁 중인 체첸 지역의 공항으로 가는 길이었다. 러시아는 아직도 분쟁상황인 곳이 많아서 폭탄 테러가 자주 일어나고 있기 때문에 시내 분위기도 그렇지만 공항으로 가는 도로는 특히나 삼엄하다. 그날도 새벽부터 경찰이 검문을 했다.

　경찰은 우선 운전기사의 여권과 등록증을 검사하고 뒷좌석에 있는 나에게 손짓하며 여권을 제시하라고 했다. 러시아에서는 여권을 항상 몸에 지니고 다녀야 한다. 여권이 없으면 경찰서까지 가서 조사를 받고 갖은 고생을 다 하기 때문에 집 앞 가게에 갈 때도, 슬리퍼에 반바지 차림이라 할지라도 여권은 반드시 가지고 나가야 한다.

경찰은 내 여권을 확인한 후 자동차 트렁크를 열어 조사를 하더니 갑자기 "모두 차에서 내려!" 했다.

"무슨 일인가요, 경찰 양반?"

"내려서 이 가방을 열어라!"

그 당시 러시아어가 잘 되지 않던 나는 무슨 영문인지도 모르고 옆에 서 있었고 기사가 트렁크에서 가방을 열었다. 딱딱하게 얼굴이 굳은 경찰은 그 사이 무전을 쳐서 다른 경찰도 오게 했다.

"이게 뭐야! 가방 속에 동그란 것 폭탄이지?"

이러면서 기사에게 총을 들이대는 것이었다.

"이건 폭탄이 아니고요, 볼링공입니다."

"볼링공이 뭐야! 사제 폭탄이랑 비슷하잖아."

그 당시에 러시아에는 볼링장이 거의 없었다. 도로 외곽의 경찰들이 그들의 급료로 시내의 볼링장을 갈 형편도 안 되었으니 볼링공을 알아볼 수가 없었을 테고.

나는 모스크바에서 취미삼아 직원들과 볼링을 치기도 해서 볼링공이 차 트렁크에 있었던 것이다. 기사는 절대 위험한 것이 아니라고 말하면서 볼링공을 꺼내 경찰 앞에서 굴려보고 상처가 날 정도로 탁구공 튀기듯 튀겨보기도 했다. 그제서야 경찰은 볼링공이란 걸 인정하고 공항으로 출발시켜 주었다.

그날의 그 기사는 우리 회사에서 벌써 9년째 일을 하고 있

다. 그런데 쉰 살이 조금 넘은 이 러시아인은 술을 너무 좋아
해서 탈이다. 평소에는 직업상 술을 많이 마시지 못하지만, 금
요일 저녁부터 휴일 동안은 술에 절어 살고 있다.

가끔 월요일 아침 출근시간에 술 취한 목소리로 전화해서
"시보드냐 늬 마구= 오늘은 나 안돼!)" 이렇게 말하고 수화기
를 내려놓는다. 몇 번을 사표를 내라고 하고, 와서 빌고를 반복
하면서 9년째 근무하지만 그것만 빼고는 정말 믿을만한 사람
이다.

두 번째 문제가 생긴 그날도 월요일 아침이었다. 공항으로
가는 도중 외곽도로에 진입하기 전에 경찰차와 병원차가 몇 대
의 차량을 세우고 있었다. 음주 측정을 하고 있는 것이었다.

모스크바에 있으면서 음주측정을 하는 걸 별로 못 봤지만,
우리 기사는 벌써 두 번이나 걸려서 벌금을 물었던 경력이 있
었다. 경찰이 우리 차량 앞으로 와서 기사에게 음주 측정을 했
다. 별 이상이 없다고 생각했는데, 그 다음엔 병원차에서 간호
사가 내려서 기사 얼굴에 코를 들이대고 냄새를 맡았다. 이런!
내가 느끼기에도 기사에게서 약간의 보드카 냄새가 났다. 간
호사는 병원에 가서 알코올 측정을 해야 한다며 자기가 보기
엔 음주운전이라고 결론을 지었다.

그때부터 기사가 떨기 시작했다. 목소리도 떨렸고 손도 덜
덜 떨고 있었다. 병원에 가서 피 검사를 하고 음주운전이 확인
되면 면허 취소와 벌금이 나온다고 한다. 그러면 직장도 잃게
되니 도와달라며 목소리가 점점 떨리고 있었다. 그 와중에 경
찰이 다시 와서는 날 가리키면서 "말라도이(청년)! 너 외국인

이지?"라고 했다.

"여기 러시아 법은 음주운전을 하면 조수석의 사람도 벌금을 내야 한다. 외국인에게도 적용된다."

나는 그들의 수법을 뻔히 알고 있었기에 차에서 내리지도 않았고, 기사는 경찰차에 가서 사정을 하고 있는 것 같았다. 경찰은 300달러를 요구했다. 간호사에게 100달러, 경찰 본인이 200달러…….

그 당시 기사 월급이 400달러였으니 정말로 어이없는 큰 돈을 기사에게 요구하고 있는 것이다. 기사가 나에게 와서 300달러 가불을 요구했고 나는 줄 수 없다고 버티고 있었다. 그 사이 경찰이 다가와서 병원에 가자고 난리를 부린다. 분명히 외국인인 나를 보고 그러는 것이었다. 내가 동석하고 있지 않았다면 50달러 정도로 해결이 가능한 일이었다.

나는 시간을 끌며 200달러로 깎아보라고 기사에게 말했지만 기사는 말도 못 하고 덜덜 떨고만 있었다. 결국 300달러를 다 뜯기고 말았다. 하도 화가 나서 출발하기 전에 경찰차에 가서 경찰 차량번호를 외웠다.

그걸 간호사가 보았는지 출발한 지 얼마 안 되어 뒤에서 경찰차가 다시 따라와서 우리 차를 정지시켰다. 그러더니 다가와서 하는 말이 내가 차량번호를 외운 것 같은데 그걸 다른 경찰에 발설하면 끝까지 기사를 쫓아가 가만두지 않겠으니 여기서 번호를 잊어버리라는 것이었다. 기사는 나를 보고 아예 빌고 있었다. 아까 자기 서류를 다 보여줘서 자기 집 주소도 경찰이 이미 다 알고 있다면서……. 나는 하는 수 없이 경찰에게 번호를 다 잊어버렸다고 말하고 겨우 풀려났다.

또 다른 일도 있었다. 러시아에 온 지 겨우 한 달 정도 됐을 때 화물을 배달하다가 우연히 아는 한국인 유학생 부부를 만났는데 낯선 이국 땅에서 만나니 하도 반가워 함께 잘 어울렸다. 대략 2년 정도를 가끔씩 만나서 즐겁게 지냈는데 95년 여름에 서울로 간다고 해서 환송회를 해주었다. 내 숙소에서 내가 만든 요리와 술로 11시까지 보내다가 그 친구가 이곳 나이트를 꼭 한번 가보고 싶다고 해서 데리고 나갔다.

나도 아는 곳이 없어 카지노로 갔다. 일반적으로 카지노 2층에는 카지노에서 운영하는 나이트클럽이 있어서 2층만 이용하면 아주 저렴한 비용으로 고급 나이트클럽을 이용할 수 있었다.

그런데 입구부터 문제가 생겼다. 카지노, 나이트클럽엔 정장은 아니라도 운동화를 신고는 들어갈 수 없다고 입구에서 매니저들이 막았다. 그 때 우리들은 모두 운동화 차림이었고 설마 구두 안 신었다고 안 들여보낼 줄은 몰랐다. 30분 동안 실랑이를 벌이다 결국 그냥 돌아 나오는데 갑자기 화장실이 급해졌다.

러시아 시내엔 화장실이 거의 없다. 지금은 맥도날드와 같은 패스트푸드점들이 생겨 그곳에서 해결하면 되지만 그 당시엔 정말 드물었다. 급한 마음에 이리저리 헤매던 나는 근처 정원에 실례를 범했다.

'아, 살겠다' 하고 있었는데 갑자기 느낌이 이상했다. 딱딱

한 막대기 같은 것이 내 엉덩이를 툭툭 치고 있었다. 뒤를 돌아보는 순간, 나는 기겁을 했다. 권총도 아닌 장총(군에서 사용하던 K1소총과 같았다) 총구로 경찰이 내 엉덩이를 툭툭 치고 있는 것이었다.

경찰은 나를 도로 한복판으로 내몰고는 여권을 검사했고 같이 있던 유학생들도 세워놓고 조롱하듯 개머리판으로 툭툭 치면서 노상방뇨 벌금이 얼마냐는 등 하면서 돈을 요구했다.

그날 마신 술 덕택이 만용이 생겨서인지 나는 툭툭 쳐대는 개머리판을 붙잡고 대사관 가서 얘기하자며 소리를 쳤다. 그랬더니 결국 일이 나고 말았다.

경찰은 그 소총으로 나를 사정없이 두들겨 패고는 일명 '빵차'라는 경찰차 뒤에 태웠다.(러시아 경찰차는 범죄자를 태우기 위해서 트렁크 자리를 1인용 감옥처럼 만들고 주먹하나 들어갈 만한 구멍을 눈높이에 뚫어놓았다.)

거기에 나를 가두고 자물쇠를 잠그는 소리가 너무나도 크게 들렸다. '철커덕' 하는 그 쇳소리를 듣는 순간 술이 깨버렸다. 경찰서에 끌려간 외국인들이 어떤 대접을 받는다는 것을 대충 알고 있었다. 하루종일 물 한 모금 주지 않고 사람을 아주 잡는다는 애기를 들은 적이 있었다.

같이 있던 유학생 부부가 나를 잡아가는 그 경찰차에 올라타서 눈물로 호소하기 시작했다. '우린 가난한 학생이다. 그래서 구두도 안 신고 나이트클럽에 들어가려다 쫓겨났다. 내일 서울로 돌아가려고 마지막으로 환송회 중이었다'며 눈물나게 빌었다.

경찰이 처음 요구한 금액은 200달러였다. 현지 직원 한달 급료보다 많은 돈이었고 내 한 달 생활비였다. 그 불안초조한 시간 속에서도 나는 계속 흥정을 했다. 조금이라도 깎아야 또 한 달을 버틸 수 있으니……. 가격을 흥정할 때마다 경찰차는 출발했다 멈추기를 반복했다.

30분이 지났을까……. 그러다 제풀에 지친 경찰은 우리가 학생이라는 것을 인정하고 50달러만 받고 풀어줬다.

화장실 이용료 한 번 비싸게 냈다. 나이트클럽 가려고 가지고 나온 돈을 몽땅 경찰에게 바치고 나니 집에 돌아가는 수밖에 없었다. 같이 있던 여자 유학생은 자기 때문에 일어난 일이라며 집에 돌아가서까지 흐느꼈다.

11년을 모스크바에 있으면서 테러라고 할 만한 테러를 당한 것은 그때가 처음이었다. 그것도 폭력배가 아닌 경찰에게……. 그 이후로는 정말 러시아 경찰은 쳐다보고 싶지도 않았다.

물론 한겨울에 도로에 있는 경찰을 보면 불쌍하다는 생각도 든다. 영하 20도가 넘는 날씨에 러시아 전통 털모자를 쓰고 길에 서서 도로 정리를 한다. 모스크바는 눈이 많이 오고 오래된 차량들이 많아서 사고가 많이 난다. 그러다 보니 한겨울에도 도로마다 경찰들이 있고 이래저래 경찰들이 할 일이 많은 것도 사실이다.

그러나 외국인이 탄 차량을 보면 여지없이 경찰봉을 흔들며 차량을 세우는데, 불쌍하게 여기다가도 그 경찰봉이 내가 탄 차를 가리키면 또 정이 뚝 떨어진다. 무조건 세워놓고 여권과 차량등록증, 운전면허증을 보여달라고 하고는 별 다른 트집잡을 것이 없으면 으레 하는 말이 있다.

"너! 여권과 차량등록증, 운전면허증의 영문 스펠링이 틀리다. 내려라!"

여권, 차량등록증, 운전면허증, 비자 등을 같이 대조하면 글자 하나는 다른게 당연하다. KIM ICK JUN이 내 여권에 있는 영문인데, 이것을 러시아어로 표기하면 ICK이 IK로 변해 버린다. C자 하나가 빠졌다고 벌금을 물라고 하는데 어이가 없어 말도 잘 안 나온다. 그 벌금이란게 기준도 없다. 차가 좀 좋아보이면 100달러도 달라고 하고, 어떤 주재원은 같은 이유로 200달러까지 빼앗기고 왔다.

직접 운전을 하면 이런 일을 더 당하게 된다. 얼마 달리지도 못하고 또 세우고, 또 세우고……. 자가운전을 하던 때는 한 달에 500달러까지 털렸다. 이런 이유로 나는 러시아에서는 자가운전을 하지 않는다. 현지인 기사를 채용하는 것이 훨씬 이득이다. 지금도 대부분의 현지 주재원은 기사를 채용하여 근무를 시키고 있다.

지하철을 타거나 걸어다니는 것도 매우 피곤한 일이다. 경찰은 업무가 끝나고 퇴근하는 길에도, 경찰복이 아닌 일반 복장이면서도 외국인, 특히 동양인을 보면 다짜고짜 불러세운다.

"너 집이 어디냐?"

"저 건물인데, 왜 그래?"

"거주증명서와 집 계약서를 확인해야겠다. 그러니 너의 집에 가자."

말도 안 되는 상황! 내 집에 들어와서 서류를 보고 할 말이 없으면 '여기 있는 가전제품은 어디서 났냐' 하고 물어본다. 영수증 제시하지 않으면 훔친 물건으로 간주하고 경찰서에 끌고 가겠다고 한다. 이런 일은 대게 10달러 정도 주면 해결된다. 그냥 길을 걷다가도 경찰을 만나면 이런 식으로 상납을 해야 하니……. 지금은 예전에 비해 이런 피해는 조금 줄어들었지만, 여전히 경찰을 좀 안 만나고 살았으면 좋겠다.

사실 요즈음에는 러시아의 경우 길거리에 경찰들이 거의 보이지 않는다. 그리고 가끔씩 보이는 러시아 경찰들도 다분히 호의적이라고 할 수 있다. 하지만 그때 당시의 경찰들을 생각하면 지금도 등쪽이 서늘해짐은 아마도 나의 트라우마가 컸기 때문일 것이다. 그래서 요즘에도 모스크바에 가시면 다른 것은 몰라도 경찰을 조심하라고 한다. 하지만 다녀온 사람들은 경찰 잘 볼 수 없던대라고 이야기를 한다.

(1998년)

실크로드

　타쉬켄트-침켄트-비쉬켓-알마티를 승용차로 관통한 적이 있다. 타쉬켄트는 우즈베키스탄 수도이고, 침켄트는 카자흐스탄의 국경도시, 비쉬켓은 키르기스스탄 수도, 알마티는 카자흐스탄의 경제수도이다. 승용차로 타쉬켄트에서 침켄트까지 3시간, 침켄트에서 비쉬켓까지는 7시간, 비쉬켓에서 알마티까지는 5시간이 소요된다. 어디까지나 정상적으로 달릴 수 있을 때의 얘기다.

　우즈베키스탄 국경 근처 목화밭, 방목 중인 양과 말들이 한가롭게 풀을 뜯고 있는 것이 보이고, 드문드문 서 있는 나무들을 몇 개 지나니 곧바로 거친 사막과 같은 땅이 시작된다. 국경도로 중간중간엔 음료와 식품을 판매하는 주막 같은 것이 몇 개 있는데 반나절을 달린 후 허름한 주막에 내렸다.

　정해진 음식값이 있는 것도 아니고, 게다가 가면서 중간중간 나라가 바뀌니 돈을 낼 때마다 환전을 해야 하는데 환전상도 없이 주막 주인이 자기 멋대로 환율을 정해서 받았다. 다행이 직원이 그 지역 상황을 잘 알고 있어서 음식을 먹기 전에 환율을 확인하고 주문을 했다. 이런 상황을 모르고 음식부터 먼저 먹었다간 낭패를 보게 된다.

주막 입구에서 가마솥에 스프를 끓이고 있었는데 언뜻 보기에 우리나라 감자탕과 똑같이 생겼길래 한 그릇을 시켜보았다. 이쪽 사람들은 양고기를 많이 먹는다. 스프는 양고기로 만든 것이었던 것이다. 고기는 너무 질기고 기름기가 둥둥 떠 있어 많이 먹을 수가 없었다. 화덕에 구운 빵 하나만 먹고 나와서 지나가다가 민가에서 판매하는 사과를 샀다. 집 앞에 양동이 가득 사과를 담아놓고 팔고 있었는데 사과 한동이를 통째로 사도 환산하면 1달러 정도였다. 국광처럼 퍼석거려 맛은 없지만 요기는 되었다.

직원이 계속 운전을 하다가 피곤할 때에는 교대하여 내가 운전을 했는데 고작 두 시간이나 달렸을까? 여기서도 여지없이 경찰이 세웠다. 과속이라는 것이다. 포장도로이긴 하지만 워낙 도로가 엉망이어서 시속 80km 정도밖에 속도를 못 내고 있었는데 스피드건도 없이 무조건 과속이라면서 운전면허증을 빼앗아놓고는 아무 말도 하지 않는다. 이런 일에 이골이 난 직원은 자연스럽게 돈 몇 푼 집어주고 면허증을 받아서 다시 출발했다.

한 시간이나 달렸을까 경찰차가 달려와서 또 잡더니 역시 스피드건도 없이 과속이란다. 점점 짜증이 나기 시작했다. 칼을 든 강도와 다를 바가 없었다. 경찰은 또 다시 면허증을 빼앗아 느긋하게 차에 앉아 있었다. 돈 몇 푼을 또 쥐어주고 면허증을 받아와 또 달렸다.

두 시간 정도 달리니 카자흐스탄으로 넘어와 있었고 또 경찰차가 쫓아왔다. 경찰봉으로 우리보고 갓길에 차를 세우라고 하더니 우리 둘을 밖에다 세워놓고 몸수색을 하기 시작했다. 그리고 차량의 트렁크까지 뒤지고 아주 난리 부르스를 하고 있다.

내 여권을 보고는 자기네 나라 비자가 있는지 없는지는 확인도 하지 않고 그런 것과 아무 상관 없이 내 영문 이름과 우즈베키스탄 비자에 적혀진 이름의 글자가 다르다면서 뻔한 트집을 잡기 시작했다. 카자흐스탄 비자가 없는 문제로 트집을 잡으면 뇌물을 주겠는데, 다른 나라 비자가 이상해 보인다고 벌금을 내라고 하니 너무나 어이가 없고 가슴이 터질 것처럼 화가 나 신경질을 냈다. 경찰이란 녀석은 눈만 껌뻑껌뻑거리며 느긋하게 돈 주기만 기다리고 있다.

이러다가 도착도 하기 전에 경비를 다 털리겠다는 생각이 들었다. 다시 돈으로 해결하고 두 시간 가까이 무사히 잘 가고 있는데 이번엔 한국산 차량 넥시아가 뒤를 쫓아왔다. 넥시아는 우즈베키스탄에 대우자동차 공장이 있어서 중앙아시아에선 거의 국민차와 같다.

경찰차도 아닌 것이 보조석에서 경찰봉으로 차를 세우라는 시늉을 했다. 참 기도 안 찼다. 차 안을 들여다보니 그냥 민간인들 네 명이 타고 있었는데 어딜 봐도 경찰로 보이지 않았다. 불안한 마음에 직원보고 세우지 말고 달리라고 했는데 한참을 가도 계속 쫓아와서 결국 차를 세울 수 밖에 없었다. 네 명의 현지인들은 씩씩거리며 우리를 차에서 끌어내려 두 시간 전에 경찰이 했던 방식대로 몸 수색을 하고 트렁크까지 샅샅이 뒤졌다.

그러더니 내 서류가방과 지갑까지 열어보는데 순간 불안한 느낌이 들었다. 한 놈이 내 지갑을 열고 달러가 얼마나 있는지 세고 앉아 있다. 그날 800달러가 있었는데 그 돈에 대한 증명서를 보여달라고 또 생떼다.

'이번엔 정말 지저분한 놈들을 만났네. 어디서 노름하다온 녀석들 같기도 하고……'

화가 머리끝까지 치밀어서 더 이상 참지 못하고 직원이 말리든 말든 러시아말로 아는 욕을 다 한 것 같다. 국경도로엔 지나가는 차량도 없어서 불안했지만 그런 것을 신경쓰지 못할 만큼 화가 나버렸다.

녀석들은 내 지갑을 들고 뒤로 잠시 물러서더니만 지갑에서 100달러만 꺼내더니 나머지는 돌려주고 차를 급히 몰고 가버렸다. 그래도 순진한 산적인지 아니면 너무 많이 뺏으면 경찰에 신고할까봐 그랬는지 아무튼 아주 이상한 방법으로 100달러를 빼앗기고 나서 나는 남은 700달러를 지갑에서 꺼내 차 안에 꽁꽁 숨겨 두었다.

차 번호판이 우즈베키스탄 번호판인 것을 보고 카자흐스탄에서는 잡기만 하면 돈이 된다고 생각한 것 같다. 다시 달리면서 학창시절에 배운 실크로드를 생각했다. '아시아와 유럽을 연결하는 이 척박한 길을 짐을 가득 싣고 지나가는 상인들의 행렬! 그 실크로드에 상인들을 노리는 산적들은 얼마나 많앉을까 내가 지금 그 산적 후손들이 살고 있는 그 길을 가고 있구나! 상인들은 과거에 만났고 나는 오늘에서야 만났을 뿐이다.'

키르기스스탄에 도착했다. 거기서 운송 파트너를 만났는데 한국을 여러 번 다녀와서인지 상담하는데 너무나도 편했다. 그런데 이 친구 차량을 보니 한국의 기아 중형차 엔터프라이즈고 번호판을 보니 'BK0007'이어서 눈에 확 띄었다. 우리나라도 그런지 모르겠지만 관공서 높은 분들이나 힘 좀 있는 기업인들은 이런 번호를 돈 주고 산다고 한다. 그러면 일반 경찰들도 웬만해선 잡지 않는다는 것이었다.

그것만이 아니었다. 차 앞에는 경광등이 붙어 있고 뒤에는 빨간 경찰봉까지 있었다. 경찰도 아니면서 차 안에 왜 이런게 있냐고 물으니 "어, 그거 액세서리야!"라고 하면서 웃었다. 이렇게 차에 있으면 신호 위반을 해도 경찰이 부르지 않는다는 것이었다.

뛰는 놈 위에 나는 놈 있다더니……. 한 수 위였다. 그 친구와 같이 있는 동안 정말로 한 번도 검문을 당해 본 적 없이 편안하게 출장업무를 마칠 수 있었다. 일을 마치고 서울행 비행기를 타는 날 그 친구는 나를 공항까지 안내해 주었는데, 세상에! 비자와 탑승 티켓도 없이 비행기를 타고 서울로 날아왔다. 나를 태우고 왔던 우리 직원은 카자흐스탄에 있는 자기 친척과 함께 차를 몰고 다시 우즈베키스탄으로 돌아갔다. 돌아가면서 우리 직원은 또 얼마나 고생을 했을까.　　(1999년)

외국인은 봉이다

러시아, 중앙아시아에서 외국인이 차량을 구입하면 번호판이 노란색으로 나온다. 우리나라도 외국인 번호판은 따로 있지만 이렇게 외국인을 구별하는 의미는 대단히 다른 것 같다. 얼마 전 동대문 사무실에서 창고 직원들이 화가 나서 차량 견인회사와 통화를 하고 있는 것을 우연히 들었다.

"여기 동대문 상가입니다. 차량이 오전 내내 상가 문 앞에 있는데 연락처도 없어서요. 차 좀 견인해 주세요!"

차량 견인회사는 우리 회사의 신고에 일당 벌겠다며 쏜살같이 왔다.

"차가 어디 있습니까?"

"여기 사무실 앞에 있는 엘란트라입니다."

견인회사 직원은 번호판을 보자마자 손사래를 쳤다.

"이건 견인 안 됩니다. 외국인 차량은 견인도 안 되고 딱지도 잘 못끊습니다."

"무슨 소리입니까? 그러면 여기서 스스로 나갈 때까지 그냥 두란 말입니까."

"할 수 없습니다. 어쨌든 견인이 안 되니 가겠습니다."

그날은 금요일이었고 금요일은 다음날 전세 비행기에 화물을 선적해야 하므로 하루를 밤을 새워 포장하고 실어 나르느라 분주해서 사무실(창고) 입구가 정신이 없는 날이다. 그런데 그 바쁜 창고 입구에 외국인 차량이 자기 일 본다고 주차를 하고 나간 것이다. 동대문 사무실은 동대문의 가장 비싼 상가 1층에 있는데 비싼 임대료를 내면서까지 1층에 있는 이유는 우리 일의 특성상 화물 집결과 운송이 용이해야 하기 때문인 것이다. 그런 곳에 외국인이 자기 차를 견인 못 할 거라는 것을 알고 마음대로 주차를 한 것이다. 이제나 저제나 차를 지켜보고 있는데 한참 후에 몽골 사람이 다가와 차 문을 열려고 했다. 문제의 차주는 몽골 대사관에 있으면서 동대문 화물로 보따리 장사를 하는 상인이었다.

몽골사람에겐 러시아 말이 어느 정도 통해서 내가 러시아 말로 이곳에 잠시 주차할 것이면 전화번호를 남기든가 아니면 주차장에 세우라고 했다. 그러나 몽골 대사관 직원이라는 이 친구든 옆에 우리 직원 어깨를 툭툭 치고 비웃으면서 그냥 가려고 한다. 직원이 화가 나서 운전을 못하게 막았다. 그러자 몽골인은 얼굴에 침을 뱉고 욕을 하기 시작했다. 화난 직원은 그녀석의 엉덩이를 걷어찼다.

옥신각신하던 몽골인은 다리를 절뚝거리면서 파출소로 향했고 잠시 후에 경찰이 찾아왔다. 경찰은 여기 직원 모두 조서를 꾸며야 한다고 같이 파출소로 가자고 하고……. 정말 이해

못 할 일이 벌어졌다. 이와 똑 같은 일이 러시아에서 일어났다면 분명 다르게 결론이 날 것이다.

러시아에선 외국인 번호판이 있는 차량은 물론 빨간색 번호판을 가진 대사관 차량이라도 불법 주차로 인정되면 가차없이 견인을 하거나 벌금을 부과한다. 오히려 흰색 번호판인 자국인 차량보다 더 사정없이 견인과 벌금을 부과한다. 어떤 나라가 잘 하고 있는 것인지는 모르지만 무조건 외국인이라고 견인도 안 하고 벌금 부여도 안 하는 것은 분명 고쳐야 할 점으로 보인다.

러시아와 중앙아시아가 이런 상황이니 외국인들은 가능하면 외국인 번호판인 노란색을 가지고 운전하길 싫어한다. 대사관 번호판인 빨간색은 조금 나은 형편이지만…….

그렇다보니 자연스럽게 현지인 명의로 차량을 구입하고 그 현지인에게 위임장을 받아 운전을 하고 다니는 경우가 많다. 위임장과 함께 해당 차량의 판매권한도 위임받으면 크게 문제가 없으나, 해당 내용을 잘 모르거나 이곳 생활이 얼마 안 된 한국인은 현지인이 말하는 대로 현지인 명의로 차량을 구입 후 나중에 큰 손해를 입기도 한다.

중앙아시아, 모스크바, 전체 러시아의 기사 급료를 비교하자면 70에서 700달러이다. 급료를 받고 기사로 채용되고 거기에 차량까지 자기 명의로 되어 있으면 아주 믿음이 가는 직원이 아니면 쉽게 딴 마음을 갖게 된다. 그냥 우기기만 하면 그 차량이 자기 것이 될 수 있으니 누군들 욕심이 안 생길까! 사람을 믿고 직원이나 기사에게 차량 명의를 만들어주었다가 사람도 잃고 차도 빼앗기는 한국인을 주위에서 많이 보았다.

우리 회사는 차량 구입 후 판매권한도 위임받아 진행을 해왔지만 어쨌든 완전히 안전하지는 못해 최근엔 러시아에 들어온 리스, 할부회사에서 차를 넘겨받아 현지 회사 명의로 차량을 리스해서 사용한다. 그러면 차량 번호판도 자국인 번호판과 같은 흰색이라 더욱 안전하다. 최근에 외국인도 자국인과 같은 흰색 번호판을 주기로 결정했다는 당국의 발표가 있기는 했다.

승용차 기사는 별 문제가 없지만 트럭 기사들에게서는 종종 문제가 발생하기도 한다. 한국에도 정식 직원 외에 임시직과 아르바이트생이 있듯이 러시아에도 그런 임시직과 아르바이트생이 있어 필요할 때마다 채용하는데 트럭 기사 같은 경우는 자기 트럭을 가진 사람을 임시직으로 쓰곤 했다.

트럭 기사의 업무에는 화물 배달과 더불어 화물운임 수금도 포함되어 있다. 그런데 수금하는 금액이 종종 기사 월급의 20배가 넘는 경우도 있어 사고가 터지고 말았다. 기사는 10,000달러를 수금해서 사무실로 오다가 경찰에 검문받던 중 분실했다고 한다. 처음엔 황당했지만 사실로 인정하고 회사 측에서 부담을 하게 되었다. 그런데 6개월 후에 다시 사고가 발생했다. 이번엔 20,000달러를 수금해 와야 하는데, 예전에 사고를 친 그 기사는 사무실에서 들어올 때 자기 배를 움켜잡고 피를 흘리며 들어왔다.

사무실 입구에서 강도를 만나 칼에 찔리고 돈을 빼앗겼다는 것이었다. 그날 전체 직원이 공포에 떨어서 그날로 당장 사무실 이전을 지시했고 기사에겐 병원에 가라고 했으나 한사

코 집에 가서 쉬겠다고 했다. 아무래도 상황이 너무 의심스러워 아는 경찰에게 신고하고 수사를 의뢰했다. 칼에 베인 자국은 본인 스스로 자해한 것 같다고 경찰에서 알려주었으나 돈의 행방은 찾을 수가 없었다. 도청도 하고 협박도 했으나 끝내 찾지 못한 채 마무리되고 말았다.

그리고 두 달 후에 비슷한 사고를 또 한 번 겪었다. 칼부림 사건 이후 화물 불출과 수금시에는 항상 2인 체제로 운영을 했는데 그날도 임시직 기사와 아르바이트생을 같이 보냈다. 둘을 보내면 뭐하나……. 15,000달러를 수금한 후 거리에 있는 상점에서 아르바이트생에게 음료수를 사오라고 하고 기사는 담배를 사러 갔다 와보니 돈이 없어졌다는 것이다. 이 어처구니 없는 말을 전화로 하더니 자기는 너무 머리가 아파 집으로 간다고 했다. 부랴부랴 경찰과 함께 찾아갔으나 돈의 행방은 찾을 수 없었다. 나중에 안 사실로는 그 기사는 전에 사고 친 기사의 친구였다.

비슷한 수법으로 돈을 챙기고 사라진 것이다. 당시에 난 서울에 있었고 주재원이 법인장으로 근무했는데 주재원은 나에게 전화로 누구도 믿지 못하겠고 너무 힘들다며 하소연을 했다.

업무 과정상의 확실한 전환이 필요했다. 지인의 도움을 받아 변호사를 고용하고 남아 있는 직원과 신규 채용자에 대하여 변호사와 같이 가서 공증을 받고 꼭 신원조회를 확인하는 과정을 밟게 했다. 사고가 발생되는 것은 기사들의 문제도 있지만 근본적으로 회사의 잘못이었다. 그런 일이 벌어질 수 있을만큼 허술하게 운영을 한 결과이다.

승용차 기사는 개인의 사생활까지도 같이 공유를 하다보니 못 미더우면 아예 채용을 하지 않았으므로 큰 문제가 생기지 않았지만 이렇게 트럭 기사들이 사고를 칠 때에는 정말 아는 마피아라도 불러서 어찌해 보고 싶은 충동을 느낄 때도 있었다. 하지만 언제나 그렇듯 외국인이라는 것이 항상 발목을 잡는다. 그 이후로 동종 사고는 사라졌지만, 비슷한 업종의 업체들은 지금도 끊임없이 우리가 당했던 사고를 똑같이 겪으며 골머리를 앓고 있다.

(2000년)

생명의 위협

모스크바에서 처음 사업을 할 때 변두리 호텔에서 시작했는데 얼마 가지 않아 호텔 주인이 바뀌면서 호텔 내 사무실을 인정해 주지 않아 모스크바 북쪽에 있는 일반 아파트 지하로 사무실을 옮겼다. 그 지하 사무실에서 2년 반을 근무했고 현재까지도 창고 사무실로 이용하고 있다. 허름하기 짝이 없고 2시간 정도 있으면 공기가 탁해서 머리가 아픈 그 사무실에도 마피아인지 동네 불량배인지 모를 여러 종류의 인간들이 와서 협박을 하곤 했다.

모스크바에서 8년 가까이 항공화물 업무를 하면서 다섯 명의 사고사 시신을 서울로 보냈다. 대개는 화재, 익사 등의 단순사고였는데 그 중 건달! 마피아가 범인이라고 생각되는 두 명의 시신은 화장 처리하여 가족이 운반해 갔다.

처음 모스크바에 오기 전에 주위 사람들은 마피아 때문에 무슨 일이 생길지 모르니 조심하라고, 또는 그런 나라엔 가지 말라고 하는 사람들이 많았다. 그러나 염려했던 것과는 달리 우리 사무실에 돈을 갈취하기 위해서 온 현지인들은 마피아가 아닌 그들 흉내를 내는 동네 불량배 수준인 것 같았다.

앞서 말한 두 명의 살인사건은 아직도 해결이 안 된 채로 있지만 추측하건대 사업으로 인한 오해와 알력으로 청부살인 업자에 의해 살해된 것으로 생각된다. 그런 잔인한 범행의 대상자가 되지는 않았지만 나에게도 많은 위협이 있었다.

94년 말까지 항공화물 이외에 경비를 벌기 위해 시작한 옷 장사는 경험이 없는 우리에게 더 큰 손해를 안겨주었고 바이어들에게 인심만 잃게 했던 씁쓸한 기억이 있다.

경험이 없던 나도 문제였지만 지금처럼 서울과 모스크바 간의 정보교류가 원활히 이루어지지 않아 발생하는 문제도 많았다. 그 당시 서울 업체 중 모스크바 시장의 반응을 알고자 우리와 파트너 관계를 맺었던 남대문의 한 의류업체는 모스크바 상인들이 요구하는 제품보다는 공장에서 독자적으로 판단하여 잘 판매될 것으로 여겨지는 모델을 만들어 보내곤 했다. 당연히 판매가 부진할 수 밖에 없었고 반품은 늘어갔으며 미리 주문받은 제품을 구해주지 못해 상인들의 원성을 사는 일이 잦아졌다.

러시아 상인들은 동대문 시장과 비슷한 규모의 시장에서 컨테이너로 제작된 상점을 매일 임대하여 판매하는 방식으로 운영했는데 그 컨테이너 사무실은 매일 300달러, 그 당시 원화로 환산하여 25만원을 지불했으므로 하루만 제품이 늦게 들어와도 손해가 너무 컸다.

상인들이 원하는 제품은 제때 반입되지 못했고 종종 엉뚱한 제품이 전달되기도 하자 드디어 사건이 터지고 말았다. 그 당시 그래도 큰 바이어라고 생각했던 러시아 형제에게 여성용 정장을 판매하기로 계약을 맺었다. 그런데 예정일보다 15일이나 반입이 늦어지는 바람에 그 15일동안 4,500달러의 임대료를 내고 손해만 보던 두 형제는 화가 머리 끝까지 나서 사무실로 쳐들어왔다.

마땅한 해결책이 나에게서 나오지 않자 그들은 권총을 꺼내 내 관자놀이에 들이댔다. 정말로 총알이 있었는지 없었는지는 모르겠으나 정말 아무 생각이 나지 않았다. 당시 현지인 급료가 150~200달러였으니 4,500달러면 그들 입장에서는 이성을 잃을 만한 큰 돈이기는 했다.

그 상황에서도 난 정말 방법이 없었다. 그들이 요구하는 4,500달러라는 그런 큰 돈이 나에게는 없었고 단지 방아쇠를 당기지만 말아 달라는 생각뿐이었다.

겁을 먹은 건지 자포자기한 건지 구별을 못해서였을까? 아무 말도 없이 멍하니 있는 나를 보고 그들은 다음 주까지 제품을 보내고 이번에는 제품 값을 줄 수 없다고 하며 가버렸다. 그들이 나가고 나서 한참 후에 정신을 차리고 서울에 전화를 했다. 왜 제품을 보내지 않았는지 묻고 금주 안으로 못 보내면 내가 죽을지도 모르겠다고 했으나 서울에서는 그렇게 심각하게 받아들이지 않았던 것 같다.

사건이 있었던 다음주에 다행히 제품을 전달하고 반값만 받았다. 이 사건으로 인해 지식도 없고 유통망에 책임질 수 없는 여성의류 제품 판매에 대해서도 회의를 느꼈다.

위의 형제 같은 부류는 동네 불량배도 아니었고 마피아도 아니었다. 그저 자기들 비즈니스로 협박을 했을뿐이다.

다시 사무실 얘기로 돌아가서, 우리 업체를 쉽게 생각하는 조직들, 이곳에서 말하는 마피아들도 자주 사무실을 찾아왔었다. 그들은 나름대로 미리 동태를 파악하고 나서 쳐들어 오곤 했는데 말하자면 보호비 명목으로 금전을 요구하기 전에 우선 며칠 간 사무실 근처에서 물동량을 파악하고 어떤 회사인지 판단하여 적정하다고 판단되는 보호비를 요구하는 것이었다.

다행히 그때마다 우리 사무실로 입고되는 화물은 달력, 책, 교회에서 사용되는 비상품들이어서 우리는 선교와 봉사를 목적으로 일하는 자선단체라고 우겨댔다. 나는 가난한 고려인 행세를 하기 위해 될 수 있으면 양복도 입지 않고 허름하게 차려 입고 다녀서 보호비를 내본 적이 없다.

회사 규모가 커지기 시작한 96년도 초부터는 사무실을 공항에 오픈하여 주요업무는 안전한 곳에서 했으나, 워낙 임대료가 비싸서 보호비를 주나 임대료를 내나 마찬가지였던 것 같다.

내 경험으로는 모스크바에서 정말 두려웠던 존재는 마피아나 일반 불량배가 아닌 경찰과 세관원들이다. 합법이라는 테두리 안에서 끊임없이 돈을 착취해 가는 그들보다 오히려 마피아가 더 정감있게 느껴진다는 말이다.

(2002년)

낯선 풍경, 낯선 문화

무서운 사람들

모스크바에 온 지 두 달이 지났을 때였다. 맑고 청명한 9월달이었는데 러시아 TV에서 무슨 전쟁영화 같은 것이 나오고 있었다. 당시에 나는 러시아말을 몰랐고, TV를 보고 있는 현지 직원들도 그냥 영화를 보는 것처럼 아무 표정이 없어서 나는 그게 정말로 영화인 줄 알았다.

그러나 그게 아니었다. 당시 대통령이던 옐친을 반대하면서 부통령 이하 간부급들이 쿠데타를 일으킨 것이었다. 많은 사상자가 나왔고 그 중에는 무고한 시민들도 많았다. 쿠데타를 일으킨 반대파는 대중 연설을 통해 시청과 방송국 송전탑을 장악하라고 일반 시민들을 선동했다. 방송국 송전탑은 우리나라의 남산타워보다 훨씬 더 큰 모양을 연상하면 될 듯하다.

TV는 CNN에서 생방송으로 시청에서의 전투를 보여주고 있었는데 정부군은 시청에 집결해서 나오지 않는 반대파를 정말 인정사정 볼 것 없이 밀어붙이고 있었다. 시청 앞엔 볼가강이 있고 그 건너에 우크라이나 호텔이라는 스탈린 양식으로 지어진 50년이 넘는 호텔이 있었다. 정부군은 그 호텔 앞에 탱크를 갖다 대고 시청을 향해 대포를 쏘아댔다. 시청은 정말 견고하게 지어졌는지 포탄을 맞은 자리만 구멍이 파이고, 포탄이 들어간 사무실 내부만 불이 타오르고 있었다. 어찌 보면 요새 가끔 하는 컴퓨터 게임을 보고 있는 것 같은 착각을 일으킬 정도였다.

러시아는 역사적으로 전쟁을 많이 한 나라이다. 지금도 체첸과의 분쟁으로 해마다 여러 폭탄테러 사고 등으로 사망자가 종종 나고 있으며 인질 테러도 종종 발생한다. 평화롭고 조용한 시절을 보낸 적이 별로 없어서인지 현지 국민들의 반응은 정말 무서울 정도로 무심하고 냉랭해 보였다.

정부군이 시청 공격을 지시하는 모습, 공격을 하고 있는 그 와중에도 1층 현관 계단에서 고개를 숙이고 음료와 빵을 먹는 군인의 모습, 총격에 의한 사망자와 부상자의 모습 등이 너무나 적나라하게 방송으로 보여지고 있었다. 나도 군생활을 했지만 총기사고를 직접 본 적이 없었는데, 소총에 의한 부상이 그렇게 끔찍하고 커다란 것인지 당시 방송으로 생생하게 보고서야 알게 되었다. 가슴에 소총을 맞은 남자는 가슴 한 부분이 떨어져 나가 있었고, 다리를 맞은 사람들은 다리 절반이 떨어져 나가 있었다. 이런 장면을 어찌 일반 시민들에게 보여줄 수 있을까! 반대파는 더 이상 버틸 수가 없어보였다. 워낙 정부군이 강력하게 밀어붙였다.

2002년도 체첸 반군이 극장을 점령하여 배우와 관람자를 인질로 잡고 투쟁을 벌였을 때 정부군은 별 협상도 없이 화학무기로 반군과 인질 모두를 사망시키고 말았던 것을 기억한다.

당시 전세계로부터 그런 비인간적인 처사에 대해 비난이 쏟아졌지만 러시아는 꿈쩍도 하지 않았다. 러시아는 미국과 달리 테러범에겐 타협이란 자체를 허용하지 않는 것으로 보여진다.

이번에도 역시 시청에서 반군 대부분이 항복을 하고 나왔다. 방송탑을 점령했던 반대파도 항복하고 나왔는데 들리는 말로는 반대파가 방송탑을 장악할 때와 다시 정부군이 방송탑을 탈환할 때 정말 많은 사상자가 났다고 한다.

그 커다란 방송탑에서 얼마나 많은 무고한 사람들이 사망했을까 하는 생각을 하며 숙연해졌다. 나는 그런 상황이 두렵고 긴장돼서 얼굴을 굳힌 채 예의주시하는 데 반해 현지인 직원들은 쿠데타엔 관심도 없는 듯 다른 걸 보려고 몇 번씩이나 채널을 돌리려고 시도했다. 그러나 모든 방송이 다 쿠데타 상황을 보여주자 아예 라디오 음악을 듣기 시작한다.

그러다 상황이 점점 안 좋아지는지 조금 후 라디오 방송도 모두 중단되고 시내에서 벌어지는 충돌상황만 방송하기 시작했다. 한국말을 조금 하는 고려인 아줌마의 어설픈 통역으로 들은 것은 절대 밖으로 나오지 마라, 위험하다 등 마치 전쟁 같은 느낌을 주었다. 회사에 있는 직원들이 걱정이 되어 더 늦기 전에, 어두워지기 전에 퇴근하는 것이 좋겠다며 일찍 퇴근하라고 했더니 모두들 '우라(만세)'를 합창하며 즐거운 마음으로 나가버렸다. 이런…….

자기 자신이 아니면 누가 죽어도 크게 놀라거나 우는 경우가 별로 없는 민족인 것 같다. 우리나라 사람들 같으면 상상도 못할 일이다.

(1993년)

정말 일 보기 힘드네

1994년 6월, 상트 페테르부르크에서 한국 냉동식품 박람회가 개최되었다. 박람회에 사용될 화물이 워낙 중요하고 처음으로 큰 화물을 받아서 불안한 마음에 내가 직접 가기로 하고 새벽에 트럭 기사를 만나 출발했다. 한국산 맛살, 오뎅, 참치 등의 화물을 모스크바에서 통관한 후 미리 준비한 드라이아이스를 넣고 상트 페테르부르크로 출발했다.

러시아 도로 사정이 썩 좋은 편은 아니어서 예상 소요시간을 대략 12시간 정도로 생각했고 평소 장이 좋지 않은 나는 '정로환'이라는 약도 챙겼다. 러일전쟁 때 러시아에 승리하기 위해서 일본이 만들었다는 그 약을 난 10년간 참 많이도 복용했다. 정로환의 露(로)자가 러시아를 의미한다고 한다.

출발부터 느낌이 안 좋았다. 도시를 조금 벗어나면서부터 도로가 많이 손상이 되었고 비포장 도로도 나왔다. 모스크바는 겨울철 매일 내리다시피 하는 눈 때문에 염화칼슘을 많이 뿌린다. 이 때문에 도로도 빨리 망가지고, 차량들도 바닥에 코

팅처리를 해야 부식되는 것을 막을 수 있다.

갑자기 차가 기울어진다는 느낌이 들었다. 기사도 눈치를 채고 차를 세워서 밖으로 나가보니 오른쪽 타이어 두 개 중 한 개가 터져버렸다. 스페어 타이어로 바꾸려고 노력을 하는데 대형 트럭이라서 둘이 아무리 애를 써도 타이어가 빠지지 않았다.

다시 돌아갈 수도 없고 그렇다고 어디 타이어를 교체해 줄 곳도 없었다. 이렇게 큰 트럭의 타이어를 갈아 끼워 줄 수 있는 카센터는 국도에 없었다. 하는 수 없이 기우뚱한 트럭을 다시 타고 나머지 타이어 하나마저 터지지 않도록 평소 속도의 절반 정도로 달렸으니 12시간 예상하고 간 일정이 20시간을 넘게 돼버리고 말았다. 엎친데 덮친 격이랄까?

울퉁불퉁한 도로를 터진 타이어로 달리는 트럭에 앉아 있자니 속이 불편해 오기 시작했다. 중간에 휴게실이 있어 주유를 하는 동안 화장실에 급하게 갔다. 그런데 문을 여는 순간 모기, 파리 떼가 마치 기다렸다는 듯 내 얼굴을 덮쳤다. 이게 화장실인지 분뇨 저장소인지……

사실은 뭐 그리 놀랄 만한 일은 아니다. 러시아에 온 지 얼마 안 되었을 때는 화장실 때문에 당황한 적이 많았다. 화장실이 없어서 당황하고, 있어도 당황하고……. 처음에 공항 화장실을 갔는데 화장실에 문이 없었다. 있던 문을 떼어낸 것이 아니라 애초에 화장실을 만들 때 원래부터 문이나 칸막이 시설을 하지 않은 것이었다. 어쨌든 일을 보고 있는데 다른 사람이 들어오더니 용변을 보며 앉아 있는 내 모습을 보며 아무렇지도 않은 듯 옆에 난 구멍에 맞춰 앉아 자기 일을 본다. 그 옆자리에서 다른 사람도 집중하고 있고, 참으로 희한한 화장실 모습이었다.

모기떼를 피해서 결국 화장실 들어가는 것을 포기하고 근처 풀밭으로 갔다. 풀밭에 앉아도 모기의 극성은 피할 수가 없었다. 바늘로 콕콕 찔러대는 듯한 아픔을 참으면서 풀밭에 앉아 있는데, 갑자기 총소리가 났다. 주유소에 도둑이 든 것이다.

정말 이게 현실인가! 총소리가 몇 번 더 울리고 트럭 기사가 트럭에서 문을 잠근 채 고개를 숙이고 있는 것이 보였다. 이 상황에서 내가 어찌하는 것이 최선일까? 아무 생각도 나지 않았다. 모기가 물어대고 있는지 어떤지 그때부턴 감각이 무뎌졌고, 한참을 그렇게 앉아 있기만 했다.

조금 있다가 보니 도둑들이 어수룩했는지 어떻게 된 게 이번엔 주유소 주인이 총을 들이대고 도둑들을 겨누는 자세로 역전이 되어 있었다.

어찌된 영문인지 알 수 없었지만 어쨌든 나와 기사는 더 이상 볼 것도 없이 후다닥 차를 몰고 그곳을 빠져나왔다.

하려다 만 주유를 다시 하기 위해 다른 주유소로 들어갔다. 열 살 정도로 보이는 꼬마가 아르바이트를 하는지 주유를 돕고 있었다. 별로 대수롭게 여기지 않고 나는 또 다시 풀밭으로 갔다. 그곳 화장실 역시 마찬가지여서 도저히 들어갈 수 없었기 때문이다.

이전처럼 풀밭에 앉아서 아픈 배를 움켜쥐고 있는데, 이번엔 총소리도 아닌 이상한 소리가 '펑'하고 났다.

주유소에 두 명의 꼬마가 있었는데, 한 녀석이 담배를 피우고 있었고 나머지 한 녀석이 자기도 담배를 피운다고 주유 중인데도 불구하고 불을 붙인 것이다.

시설이 좋지 않은 주유소 바닥은 기름으로 젖어 있었고, 그 기름에 성냥이 붙으면서 순식간에 아이의 몸이 불길에 휩싸였다.

'아, 정말 일 보기 힘드네⋯⋯.'

다행이 기사가 아이를 빗물이 고여 있는 곳으로 밀었다. 순간적으로 머리와 옷만 태우고 거무스름하게 그을린 아이는 아무렇지도 않은 지 조금 지나니까 친구와 농담을 하고 있다. 그 대범함이란⋯⋯.

아이도 그렇고 차에 불길이 옮겨 붙었으면 어쩔 뻔했나 생각하니 아찔해졌다.

그렇게 스무 시간을 달려 어렵게 상트 페테르부르크에 도착했다. 도착한 때가 한밤중이었는데 너무나 피곤했음에도 잠을 제대로 잘 수가 없었다. 6월 중순이면 상트 페테르부르크의 백야는 절정을 이룬다. 밤에도 대낮같이 환한 날이 보름 정도 지속되는데 이곳 사람들은 낮밤을 잘 구분하여 규칙적인 생활을 하기 위해서 잘 때는 창문마다 두꺼운 커튼을 치고 어두컴컴하게 만든다.

한밤중인데도 대낮 같이 환한 주위가 내게는 익숙하지 않아서 도무지 잠을 이룰 수 없었다. 백야는 피곤한 사람들에게 별로 도움이 안 되는 것 같다. 그날은 정말 별 일 다 겪으면서 기나긴 24시간을 보냈다.

(1994년)

의사의 철가방

러시아에서는 어디에서라도 전화로 03만 누르면 앰뷸런스가 온다. 병원에 소속된 의사들은 대부분 여자이다. 80kg은 족히 넘어 보이는 뚱뚱한 아줌마들이 주방장 가운 같은 옷을 걸치고 중국집 철가방과 비슷한 왕진 가방을 들고 찾아와서 진찰을 하고 환자를 데려가는데 그 우락부락한 아줌마들의 모습과 철가방을 보면 외국인들은 아무리 아파도 따라 나서고 싶은 생각이 사라진다.

러시아는 사회주의 국가 시절부터 무료로 학교 교육과 병원 시설들을 운영해 왔다. 의료보험료는 내겠지만 한국처럼 추가로 돈이 들어가는 일이 없었다. 지금은 많이 달라져서 약도 본인이 사 먹어야 하고 따로 치료비를 내야 하는 경우도 많아졌다고 한다.

특히 동양인인 경우에는 아프면 정말 자기만 손해다. 체구가 큰 러시아인들이 사용하는 약과 잘 맞지도 않거니와 아픈 곳을 표현하는 언어상의 문제로 제대로 된 치료를 받을 수가 없으니 쉽게 치료가 되지 않는 것이 오히려 당연하게 느껴지기도 한다.

94년에 컴퓨터 그래픽으로 만화를 그리겠다며 유학 온 학생과 한 집에 같이 살고 있었다. 성격이 원만하고 착했던 그 친구는 허리가 무척 약했고 수술도 한 번 한 적이 있다고 했다. 그런 친구가 모스크바의 겨울을 견디기는 무척 어려웠을 것이다. 모스크바 겨울은 영하 30도까지 내려가니 변변한 자가용도 없이 학교와 회사를 걸어서 오가다 보면 아무리 옷을 두껍게 껴입어도 허리 통증이 고통스러웠을 것이다.

결국 학생은 허리의 통증을 못 이겨 중국 한의사를 소개받아 침을 맞았다. 중국에서 한의학을 공부했다는 조선족 청년 한의사에게 어느 정도의 진료비를 지불하면서 매일 허리에 침을 맞던 이 친구는 어느 날 집에 돌아오다가 견디지 못하고 실신을 해버렸다.

너무 피곤해서 그런 줄 알고 하루를 누워 쉬게 했으나 그 다음날도 다시 집 앞에서 실신을 해서 집으로 끌고 들어왔다. 별다른 약도 없고 해서 나는 전화기를 들고 03을 눌렀다. 30분 정도 지나서 앰뷸런스가 도착하고 두 명의 뚱뚱한 아줌마가 들어왔다. 지저분한 흰색 가운을 입고 철가방을 들고…….

대충 혈압계로 혈압을 재고 청진기로 체크하더니 당장 병원에 입원해야 한다며 업으라고 지시했다. 나는 의식이 없는 친구에게 귀에 대고 말했다.

"병원에 입원해야 된대, 가자!"

겨우 실눈을 뜨고 그때까지 상황을 잘 모르던 친구는 병원에서 온 그들의 모습과 왕진용 철가방을 보더니 고개를 흔들며 "안 가! 무서워서 싫어." 했다.

어설픈 통역으로 전했지만 두 의사는 더 악화되면 책임질수 없으니 꼭 데려가야 한다며 직접 끌고 가려고 했다. 친구는 "안 가! 죽기 싫어!" 하며 버티고 있었다. 결국 의사들은 나에게 화를 내며 일단 집에 두고 가겠지만 악화되면 다시 전화하라고 하면서 왕진비를 요구했다.

"병원 이용은 무료로 알고 있고 지역 내 거주하고 있는 외국인도 무료로 알고 있는데 무슨 왕진비냐?"

"그래? 그러면 저 친구 지금 병원으로 강제로 데리고 가서 입원시켜야 되겠군. 면회도 안 돼."

의사라는 사람들이 환자를 두고 흥정을 하고 있었다. 나는 어쩔 수 없이 그 당시 돈으로 10달러 정도를 지불하고 보냈다.

의사들이 간 뒤에 나는 다시 중국 한의사를 찾아갔다. 아직도 의식이 오락가락한 그 친구를 보더니 양 엄지손가락과 인중에 침을 놓아 의식을 회복시킨 후 의식이 제대로 돌아오면 뭐라도 먹이고 우황청심환을 준비하여 먹이라고 했다. 갑자기 우황청심환을 어디서 구할지 난감했다. 가끔 상점에 북한제 우황청심환이 있었지만 별 관심이 없었고 밤 늦은 시각이라 어디 가서 알아볼 데도 없었다.

근처 유학생 집을 찾아가서 사정을 설명하고 약을 부탁했으나 그 집에도 마땅한 약은 없었다. 사정을 딱하게 여긴 그 집 안주인이 냉장고에서 이것저것 찾다가 콩나물 무친 것을 봉투에 싸 주면서 입맛이 없을 테니 이거라도 환자에게 먹이라며 건네주었다.

　콩나물을 들고 집으로 돌아와 잠든 친구를 보면서 측은하고 안타까운 마음에 그 다음날 바로 서울행 비행기표를 구입했다. 다행히 그날 출발하는 비행기가 있었고 내가 그 친구에게 해줄 수 있는 것은 빨리 서울로 보내주는 일 밖에 없었다. 그 친구는 다음날 서울로 갔고 곧바로 병원에 입원하여 한 차례 허리 수술을 받고 살아났다. 지금은 광고회사에서 근무를 하고 있는데 나를 생명의 은인쯤으로 생각해 주니 고마울 따름이다.

　모스크바 병원은 외국인에게 인정을 받지 못한다. 물론 어떤 분야에서는 아주 앞서가는 분야도 있다. 한때 서울에서는 수술과 관련된 관광상품을 개발하여 모스크바에서 양쪽 눈 수술을 하면서 휴양소에서 2주 정도 휴식하는 프로그램이 인기를 끈 적도 있었다. 이 눈 수술은 서울에서 현재 유행하는 라식 수술보다 더 오래되고 기술이 축적된 것인데 망막을 순간 냉동한 상태에서 도려내는 방법으로 수술 시간이 10분밖에 되지 않고 비용은 800달러 정도이다. 관광상품으로 개발된 당시에는 200달러에 보름간 휴식도 포함되어 많은 한국인들의 모스크바에 와서 눈 수술을 했다.

　그러나 이런 좋은 기술이 있는 반면, 융통성이 없고 환자들을 위한 편의라고는 찾아볼 수 없다. 가려움증으로 병원에 찾아간 사람이나 '그립' 이라 불리는 유행성 감기 환자가 병원을 찾아가면 전염을 염려해 본인 의사와는 상관없이 그 자리에서 격리 수용을 해버린다. 이런 상황을 모르는 유학생이나 교민이 병원에 간다고 미리 주위 사람들에게 알리지 않고 병원에 갔다가는 꼼짝 못하고 2,3일 동안 격리 수용되어 주변 사람들이 갑자기 사라져버린 사람을 찾느라 경찰과 대사관에 실종신고를 하고 난리를 치고 나서야 병원 측에서 태연히 연락이 오곤 한다.

전염성으로 격리 수용된 경우에는 완전히 낫기 전에는 절대로 면회와 퇴원을 허락하지 않고 운이 여간 좋지 않으면 외부와 연락할 기회조차 없으니 병원에 잡혀 있는 사람이나 밖에 있는 사람이나 모두 답답할 수밖에 없다.

게다가 체구가 작은 동양인들도 러시아인과 똑 같은 방법으로 치료를 하기 때문에 한 번 병원에서 치료를 받은 교민은 이겨내지를 못하고 교민사회에 있는 한의사를 찾는 경우가 많다. 출산을 위해 입원한 한 유학생 산모는 당 간부들만 입원하는 고급 병원에서 출산을 했으나 출산 후의 고통 때문에 바로 퇴원을 해버렸다. 분만 후 의사는 수건을 한 장 주면서 샤워장에 가서 샤워를 하고 오라고 한다. 한국에서는 말도 안 되지만 혼자 샤워를 끝내고 오면 누워 있는 산모의 배에 찬물을 적신 수건을 올려놓고 붓기가 가라 앉도록 한다. 이런 걸 산후조리로 해주고 있으니 한국식 산후조리를 상상했던 산모들은 기겁을 하고 다시는 병원에 가지 않으려 하게 되는 것이다.

나도 러시아 병원을 가능하면 가지 않았고 장이나 허리가 아플 때는 중국 한의사를 찾아 몇 번 치료를 받은 적이 있다.

어느 날 중국 조선족 한의사가 경희대학원 한의과에서 공부를 할 수 있는지 서울에 직접 가서 확인해 보고 싶다고 하면서 나에게 초청장 및 비자를 부탁했다. 치료해 준 고마움도 있고 그 사람 신분도 확실하고 해서 서울 본사에서 초청장과 함께 3개월 비자를 만들어주었다.

지금도 마찬가지지만 한국계 동포인 조선족이나 고려인들은 불법 취업 문제 때문에 한국행 비자를 받기가 어려워서 그는 나에게 부탁했던 것이고 나는 그 부탁을 기꺼이 들어주었던 것인데 그 한 건의 초청으로 우리 회사는 그 이후로 몇 년간을 초청 업무를 할 수가 없게 되었다.

3개월 비자를 받고 서울에 간 조선족 한의사는 곧바로 행방이 묘연해졌다. 그 이후로 별 신경을 쓰지 않고 지냈는데 2년 후 안기부 요원이 회사를 찾아와서 조선족의 행방을 물었고 왜 초청했는지 납득할 이유를 대라고 했다. 그는 현재 남의 주민등록증을 훔쳐서 간첩행위를 하고 있으며 지금도 한국 내 어딘가에 숨어 살고 있다고 하면서 우리 회사의 잘못에 대해 다그쳤다.

최근에 다시 그 조선족 한의사 소식을 듣게 되었는데 그는 3년간 서울에서 불법 취업으로 벌금을 내고 중국으로 출국했고 중국에서 만난 일본인 여자와 결혼하여 현재 일본에서 한의원 개원을 준비하고 있다고 한다. 한 마디로 처세술이 대단한 사람이다.

그 이후로 현지인 직원이 서울 출장 오는 것을 제외하고는 정말 어느 누구도 초청하지 않았다.

(1994년)

야반도주

모스크바에 온 지 보름 정도 지났을 때 숙소를 정하기 위해 수소문을 했는데 현지 교회에서 뵈었던 분이 아파트를 소개해 주셨다. 22층짜리 고층 아파트로 우리나라 식으로 하면 방이 세 개 있는 35평 정도의 꽤 큰 아파트였다. 내부 인테리어는 형편없어서 마루바닥은 모두 삐거덕거렸고, 냉장고와 가전제품은 70년대 스타일이었다.

집주인인 러시아 아줌마는 4형제를 두고 있었는데 두 아들은 결혼해서 따로 살고 열여섯 살, 일곱 살짜리 아들 둘과 같이 살고 있었다. 셋이서 방 하나를 쓰고 나에게는 방 두 개를 빌려준다고 하며 월세로 150달러를 요구했다. 가전제품은 공동으로 사용하기로 했고 냉장고는 두 대가 있어 그 중 한 대를 빌려줬다.

이사온 첫 날, 짐을 옮기고 나서 방에 누워있는데, 아줌마의 두 아들이 정말 정신 없이 두들기며 시끄럽게 굴고 있었다. 그런데 조금 있으니 결혼한 두 아들이 들어왔고 이혼했다는 남편도 와 있었다.

첫 날 서로 인사를 나누었고 집주인의 이혼한 남편은 보드카를 내와서 권했다. 나야 뭐 내놓을 것도 없어서 주위에서 조금 얻은 그 귀한 김치와 서울에서 가지고 와서 아껴두었던 명란젓을 꺼냈다. 두 사람은 매워서 땀을 뻘뻘 흘리면서도 그 자리에서 김치를 다 먹어 치웠다.

그렇게 첫 날을 보내고 나서 이후로 매일매일이 너무 불편했다. 이혼한 남편은 내 방에서 자고 있기도 하고 며칠 후엔 아예 내 방 하나를 차지하고 쓰기 시작했다. 이틀에 한 번은 싸워대는데 아줌마는 항상 두들겨 맞았다. 그런데 곧 잊어버리는지 조금 지나면 욕실에서 애정을 과시하며 난리를 피워 정말 너무 시끄러웠다. 남편은 매일 보드카를 마시면서 내 냉장고를 열고 김치를 먹곤 했는데, 어느 날 저녁에는 부엌으로 갔더니 남편이 보드카를 마시면서 얼마 안 남은 명란젓을 통째로 들고 안주로 먹는 것이 보였다. 그거면 두 끼는 충분히 해결할 수 있었는데 싶어 화가 났다.

매일매일 전쟁 같았다. 애들은 시끄럽고 남편은 부인을 매일 두들겨 패고 욕실은 러브호텔이 되고……. 빨리 여기서 나가야겠다는 생각만 했다. 그 당시 주인 아줌마는 형편이 좋지 않았다. 이혼한 남편은 트럭 기사였는데 이혼하고 나서도 월급의 50% 정도는 법적으로 부인에게 지불하는 것 같았다. 그러나 그때 트럭 기사 월급은 100달러 정도였으니 50달러로 생활하기엔 빠듯했을 것이고 내가 방세로 내는 150달러가 주인 아줌마에겐 꼭 필요했을 것이다,.

내가 방을 빼겠다고 하자 아줌마는 더 이상 이혼한 남편은 오지 않을 것이라고 안심시켰다. 그러나 다음날 남편은 여지없이 다시 와서 보드카를 마시면서 내 방문을 걷어차며 술을 같이 마시자고 소란을 피웠다. 도저히 안되겠다 싶어 직원에게 부탁을 해서 조그만 단독 아파트를 250달러에 월세로 결정하고 이사할 준비를 했다. 그러나 주인 아줌마는 조금만 더 있어달라며 완고하게 가로막았다. 이사도 맘대로 못 가게 생겼다 싶어 작전을 세웠다.

주인 부부가 보드카를 마시고 잠이 든 것을 확인하고는 새벽에 몰래 짐을 싸 들고 살금살금 그 집을 탈출했다. 이삿짐이라야 얼마 있지도 않아서 옷가지와 책 몇 권이 전부였다.

오후에 주인 아줌마를 찾아갔다. 주인 아줌마는 내가 이사한 것을 알고 풀이 죽어 있었고 이제 어찌 생활을 해야 하는지 이혼한 남편을 원망하면서 눈물을 흘렸다.

처음엔 이혼하고 다른 여자와 살고 있는 것을 알면서도 남편과 매일 같이 집에서 자고 술 마시고 하는 아줌마가 이상하게 느껴졌는데 그 날 아줌마의 설명을 들으며 조금은 이해하게 되었다. 아들 넷 중에서 둘은 전 남편의 자식이고 셋째는 주인 아줌마의 전자식이고 넷째만 둘이 만나서 생긴 아들이었다.

여성도 남성과 같이 일을 해야 한다는 사회주의 국가의 정책은 여성에게 경제적인 능력을 부여해 주었고 그로 인해 이혼 후에도 별 어려움 없이 다시 직장을 얻을 수 있으니 둘이 살다 맘이 맞지 않으면 참지 않고 이혼을 한다. 그러다 보니 이런 복잡한 가족이 만들어지게 된 것이다.

여자도 혼자 힘으로 살 수가 있으니 조금만 권태기가 있어도 이혼을 했고 부모가 매일 일을 하러 나가니 상대적으로 자유로운 자녀들도 자주 탈선행동을 하게 된다. 러시아의 이혼율은 세계 1위를 유지하고 있다. 보통 16세나 그 즈음에 초혼을 하고 20대쯤엔 거의 재혼이 많다.

아무튼 그 주인 아줌마는 계속 울고 또 울며 자기 치아를 보여주면서 '치료도 해야 하는데 네가 나가면 어떡하냐' 하면서 또 울고, 정말이지 사람 마음을 약하게 만들었다. 결국 두 달치 방세를 더 지불하며 치과에 가라고 하고 이사를 마무리 지었다.

(1994년)

엠마와 따마라

처음 러시아에 회사를 설립하면서 세 명의 현지인과 함께 일을 시작했다. 그 중 두 명이 오랫동안 같이 일을 하였다. 한 명은 경리로 채용했던 러시아 아줌마이고, 다른 한 명은 고려인으로 처음에는 사무실에서 잔심부름과 밥을 해주던 아줌마인데 지금은 모스크바 부사장 격으로 일하고 있다. 업무는 부사장이지만 세 개의 현지 법인 중 하나의 사장이다.

엠마라는 아줌마는 일을 하는 동안, 맹세코, 단 하루도 아파서 결근한 적이 없을 정도의 성실함과 두둑한 배짱을 소유하고 있어 밥 짓다가 진급에 진급을 거듭했고 본봉만 현재 25배(첫 월급을 기준으로) 정도 인상된 급여를 받고 있다.

외아들이 나보다 한 살 어려서 개인적으로 나를 대할 때는 마치 어머니와 같은 역할을 해주었다. 모스크바에서 가장 중요한 현지인인 엠마와 나는 사업 초기 많은 어려움을 함께 겪으며 일을 했다. 전형적인 고려인 성격을 가진 고집스런 분이지만 8년이 넘도록 함께 일할 수 있었던 것은 누구보다도 거짓말을 싫어하여 금전적인 문제를 편하게 맡길 수 있어서였다. 내가 알고 있는 고려인들은 개방 후 한 직장에서 오래 근무하는 사람이 많지 않았고 고려인은 한국인을, 한국인은 고려인, 즉 러시아 한인 교포를 서로 믿지 않았다.

러시아어를 못하는 한국인이 러시아에서 사업을 하자면 우선 통역이 필요했고 가장 편한 통역이 한국말을 부모님에게 또는 교회에서 배운 고려인들이었다. 그러나 한국인이 같은 동포로 생각해서 사업상 통역을 맡기면 고려인이 그 거래를 중간에서 가로채는 경우가 종종 발생했다. 고려인의 입장으로 본다면 러시아에서 사업을 하는 한국인 기업가 중 자금 부족을 이유로 급료를 제대로 지급하지 않아 돈을 떼이는 경우도 있었고 때로는 현지에서 발생한 모든 문제를 고려인에게 떠넘기고 잠적하는 경우가 있어 이런저런 이유로 사업 관계로는 서로 믿지 않는 경우가 많다.

나 또한 이런 말들을 많이 들어서 현지 직원으로 고려인 그다지 내켜 하지 않는 편이다. 그러다 보니 우리 직원 중에 고려인은 두 명의 여자밖에 없지만 엠마라는 고려인은 내 어머니처럼 믿고 일했다. 엠마와는 정말 많은 고통을 함께 하며 에코비스를 이끌어왔다.

93년 회사를 운영하면서부터 경리 책임자를 고용했다. 사업자 등록 시 반드시 필요하기 때문이다. 경리를 러시아말로 '브갈쩨르' 라고 한다. 처음 모스크바에 내려서 사무실에 도착해 보니 러시아계의 백인 여자가 경리 자리에 앉아 있었다. 책이나 텔레비전에서만 보던 파란 눈의 노랑머리 아줌마, 그녀의 이름은 '따마라' 인데 당시 나이가 40세였다. 나는 선린상고를 졸업하고 미국 회사 서울지점에서 회계 파트를 맡았었기에 경리에 대해서는 어느 정도 알고 있었다. 나름대로 고충이 많은 부서이고 일이 만만치 않다.

러시아 및 CIS국가에서 회사 공문을 작성할 때는 한국과 좀 다른 부분이 있다. 한국은 하단 부분에 대표이사 서명만 기입되지만 러시아에서는 경리 책임자의 사인도 포함된다. 회사 자금을 책임지는 자의 권한이 그만큼 크다고 할까? 사장 바로 밑으로 생각하면 될 것 같다. 사장이 사인을 해도 경리가 반대해서 결재가 안될 때도 있다. "난 책임 못 져! 법적으로 문제되면 나도 사법처리가 되는 그건 할 수 없다." 라고 버티면 못 하는 것이다.

사실 그 말이 맞지만 한국의 회사에서 사장 결재에 이런 주장을 강력히 제기할 만한 경리는 아마도 없을 것이다. 경리 책임자인 따마라와는 1년간을 잘 지냈다. 성격 자체도 내정적이고 차분해서 경리에 적격이었다. 그런데 업무적인 관계로 문제가 발생했다.

당시에는 대표이사를 외국인으로 하면 너무나 많은 제약 조건이 붙어 다녔고 경찰과 세관에서 찾아오는 경우가 많아 현지인에게 사장 명의를 만들어주는 게 사업하기 편했다.

그런데 회의 때 그 현지인 사장인 엠마와 경리인 따마라가 실제 사장인 나의 의견에 반대 입장을 표현했다. 원리원칙만 따지고 마치 교과서를 보고 일을 하는 것처럼 '교본에 이렇게 나와 있으니 이렇게만 해야 한다'는 식이었다. 따마라가 문제가 아니라 발상의 차이였는데 더 쉽게 말하자면 사회주의 국가체제에서 배운 사고 방식과 자본주의적 사고의 차이라고 밖엔 볼 수 없었다.

정말 답답했다. 언성이 높아지고 결국 난 회사 문을 닫아버리겠다며 화를 내고 말았다.

"어떻게 사장에게 이렇게 따지고 화를 낼 수가 있어?"

"여기는 러시아다. 러시아에서는 사장이 경리에게 그렇게 화를 내지도 않고 경리의 의견이 안 들어간 것은 무효다."

이런 감정적인 의견이 왔다갔다하다가 따마라도 일 안 하겠다며 나가버렸다. 나는 집에 가서 보드카를 마시면서 '내일 타일러서 일을 시켜야지. 아쉬운 게 나인데 좀 참아보자' 하고 생각했다. 마음을 가다듬고 다음날 출근을 해서 따마라를 기다렸으나 그녀는 오지 않았다.

결국 나는 엠마와 상의하면서 "경리를 다시 뽑아서 일을 시작합시다. 어제 나도 실언을 좀 했습니다." 그러면서 일을 시작하는데 엠마가 한 통의 전화를 받았다. 따마라였다. 어젯밤에 남편이 자살을 해서 출근을 못 한다고 정말 미안하지만 장례식 때까지 기다려주면 그 이후로는 출근하겠다고 했다.

혹시 나 때문에 불편한 마음으로 집에 가서 남편과 싸워 그런 일이 생겼을까 하는 불안한 마음으로 엠마와 함께 따마라의 집을 찾아갔다.

집에서 본 따마라는 어제의 그 표독한 눈빛은 사라지고 금방이라도 눈물이 쏟아질 것 같은 어린 양과 같은 눈빛으로 우리를 맞이하면서 어린 두 아들과 인사를 했다. 몇 년 전 사고로 다리를 다치고 그 이후로 계속 정신과 치료를 받았던 남편이 어제 저녁에 14층 베란다에서 떨어져 자살을 했다고 했다.

나도 지금은 딸 둘이 있는 가장이고 양가 부모님과 친인척이 정말 많다. 가정이 편안해야 바깥 일도 잘 된다는 걸 안다. 가족 주변에서 이러저러한 문제가 발생하면 신경이 쓰여서 일에 잘 집중할 수가 없다. 지금은 이런 마음을 알겠는데 그 당시 총각이었던 나는 그걸 잘 이해해 주지 못했던 것 같다. 직원들에게 일만 시켰을 뿐이다. 하루 24시간 중에서 잠자는 시간을 제외하면 대부분 회사에서 보내는 직원들, 사실 내 식구보다 더 오랜 시간을 직원들과 매일 지내면서도 그들의 가정에 대해서는 일일이 관심을 갖지 않았으니 서로 이해를 못하는 부분이 생길 수 밖에 없었나 보다.

장례식 이후에 경리 따마라와 서로 감정을 풀고 다시 일을 하여 그 이후로도 오랫동안 같이 일을 하였다. 모스크바에서 혼자 생활하는 것을 알고 있는 따마라는 휴가를 갔다 오면 반드시 음식이나 선물을 보내주었고, 어느 날인가 빙판길에 미끄러져 몸살이 나서 제대로 움직이지 못하는데도 기어이 출근을 하니, 따마라가 약국에 가서 약병을 하나 사 들고 내게 다가왔다. 그리고는 나보고 옷을 벗으란다. 직원들도 다 있는데…….

반강제로 윗옷을 모두 벗기더니 타박상과 목 저리고 아픈데 특효라고 말하면서 끈적끈적한 기름 같은 약을 발라주셨는데 마치 큰 아들을 보살펴주는 모습이었다. 이젠 언제라도 가면 똑같은 표정으로 나를 반겨주는 든든한 따마라…….

(1994년)

해적이 왜 나쁜 건가요?

흑해 지방 크라스노다르에 94년 초에 출장간 적이 있었다. 당시 현지인들은 한국사람은 내가 두 번째라고 하면서 얼마 전에 온 한국인 선교사 한 분이 목회활동을 하고 있다고 했다. 정말 아무도 안 갈 것 같은 지역에도 단신으로 들어가 씩씩하게 목회활동을 하는 한국 선교사를 보면서 난 정말 한국인이 대단한 민족이라는 생각을 다시 한 번 하게 되었다.

교회라면 초등학교 시절 행사 때마다 과자를 주곤 해서 몇 번 가보았고 고등학교 시절에 친구 만나러 간 것 말고는 기억이 없었다. 그런 교회를 나는 모스크바에서는 자주 다녔다. 신앙심보다는 현지에서 알게 된 젊은 전도사 때문이었다.

나보다 두 살 어린 26살의 전도사를 처음 만난 것은 93년도 모스크바에서였다. 우연히 업체 손님과 같이 사무실을 찾아와 알게 된 후로 오랜 기간 친하게 지냈다. 모스크바에 인맥이라곤 없던 나는 그를 자주 만나게 되었고 거의 같이 살다시피 했다.

그를 본 첫인상은 조그마하고 통통한 젊은 친구였고 난 그를 우리 동포나 중국사람으로 생각했었다. 작은 키에 얼굴도 크고 까무잡잡했다. 그 친구를 장난 삼아 '말랭끼 기따이' (작은 중국인)로 부르곤 했다.

　　전도사와 같이 온 업체 손님은 서울에서 이것저것 사업하다 마지막으로 모스크바에 온 것 같았다. 수려한 외모와 말솜씨로 보아 부유층 사람으로 보였고 잠시 머리 식힐 겸 사업 구상 차 모스크바에 온 것이라고 해서 우린 그렇게만 알고 있었다. 그런데 나중에 카지노 때문에 여러 사람 피해주고 도망가다시피 서울로 가버린 후, 그 피해를 나와 전도사가 고스란히 당하게 되었다.

　　거짓말로 사기를 쳐서 외상거래도 하고 전도사 집에 무상으로 살면서 짐을 지우고 부담을 주더니 결국 전도사가 송금 받은 교회 운영비까지 빌려 쓰고는 달아나버렸다. 당시 듣기로는 전도사가 운영하는 교회의 집사라고 하는데 도저히 이해가 가질 않았다. 헌금을 하지 못할망정 어찌 그럴 수가 있는지…….

　　그렇다 보니 남아 있는 사람들은 더 힘들어질 수 밖에 없었다. 나는 화물료를 수금하지 못했고, 전도사는 생활비가 거덜나 있는 상태였다. 당장 생계가 급해 전도사는 목회활동은 일요일에만 하고 평일에는 나와 함께 시장에서 물건을 판매하기 시작했다. 서울로 가버린 업체 사장이 버리다시피 하고 간 것이 재고 구두였는데 러시아 사람에게는 어울리지 않는 스타일이었다.

　　그러나 화물료도 못 받고 생활비도 없으니 다른 방법도 없고, 우리 둘은 시간 날 때마다 한국의 동대문 시장과 같은 곳에 찾아가 샘플을 보여주고 그곳에서 한 두 켤레라도 판매하고자 노력했고 그 돈으로 맥도날드 햄버거를 사서 끼니를 때우곤 했다. 운이 좋아 몇 켤레 더 팔면 그것으로 생활비와 교회 운영비를 충당했다.

전도사가 꾸려나가고 있던 교회는 월세 300달러로 연구소 강당을 빌려서 러시아 어린이와 노인들을 위해 선교 활동을 하는 다락방 예배당 수준이었고 전도사가 목회활동을 할 때 나는 곁에서 아이들 간식을 만들어주거나 하는 봉사를 했었다.

모스크바에서 여러 목사님들을 만났지만 나는 그 전도사가 가장 순수하게 목회활동을 했다는 생각이 든다. 한국인 한 명 없는 현지 교인들 속에서 어린이와 노인들을 대상으로 고군분투하며 목회비도 없어 나와 장사로 생계를 유지하던 그 조그만 전도사…….

어느 날 전도사가 설교할 때 약간의 소란이 일어났다. 그날 주제는 해적을 예로 들면서 '네 이웃의 물건을 탐하지 마라' 였는데, 전도사가 열심히 설교를 하면서 해적의 활동에 대하여 아주 부정적으로 말하고 있었다.

"어린이 여러분, 해적은 아주 나쁜 사람들입니다. 남들이 열심히 일해서 수확한 식품이나 다른 사람이 노력해서 벌어들인 재산을 총과 칼로 위협을 해서 빼앗아버리는 아주 나쁜 사람들이죠. 이렇게 남의 물건을 빼앗으면 안 되겠죠."

그러나 한 어린이가 말했다.

"왜 남의 물건을 빼앗으면 안 되나요? 빼앗는 것이 아니라 좀 있는 사람 물건을 덜 있는 사람이 가져가는 게 잘못인가요?

우리는 학교에서 그렇게 안 배워요. 모두가 공평하게 나누어 가져야 한다고 했고 부의 축적이 좋은 것은 아니라고 했는데요."

"그래, 나누어 갖는 것은 좋은 일인데, 열심히 일해서 벌어 놓은 것은 빼앗아가면 안 되지."

"어떤 사람은 머리가 좋아서 더 벌 수도 있고 어떤 사람은 덜 벌 수도 있잖아요. 그것을 공평하게 나누어 가져야 하니 있는 사람의 물건 좀 가지고 가는 것은 나쁜 일이 아닙니다, 전도사님."

오랜 시간 토론이 계속됐지만 결론은 나지 않고 결국 전도사는 '그건 나쁜 짓'이라며 거의 우기는 꼴이 되고 말았다. 어린이들은 하는 수 없이 '그래. 전도사님 말이 맞다고 하자.' 하는 식의 분위기였다.

정말 새로운 느낌이었다. 러시아에서는 남의 물건을 도적질하는 것을 별로 나쁘게 생각하지 않는다는 것이 신기했다. 도적질이 아니라 그냥 좀 나누어 갖는 거라는 논리가 무척 재미있게 들렸다.

숙소에 청소하러 오시는 분이나 기사들도 쓸만한 물건이 몇 개 있으면 그냥 말도 없이 하나씩 집어간다. 없는 사람이 있는 사람 물건을 좀 나누어 사용한다는 생각으로…….

그렇게 힘들게 전도활동을 하던 그 전도사는 지금 미국에 있다고 한다. 97년 IMF 이후 한국에서 지원금이 없어지고 버틸 수가 없자, 미국으로 건너가서 일식집 등 여러 곳에서 아르바이트를 하면서 목회활동을 한다고 전해 들었다. 결혼도 했다고 하는데, 이젠 소식도 없네, 잘지내고 계시겠지.   (1995년)

보드카

보드카는 구입하여 바로 마시지 않는다. 식당에서 주문하면 냉동실에서 꺼낸 보드카를 주문하고 집에서 마실 때는 냉동실에 넣어두었다가 하루 정도 지나서 얼었는지를 확인하고 마셔야 한다.

하루 지나서 보드카가 얼어 있으면 그 보드카는 가짜로 판명된 것이니 버리고 얼지 않고 걸죽하게 되어 있으면 안심하고 마신다.

보드카는 40%의 알코올 성분으로 냉동실에 넣어두어도 얼지 않는다. 그러나 그당시 워낙 가짜가 많은 러시아에선 물을 더 섞거나 대충 알코올 도수만 맞는 보드카를 만들어 유통시키곤 하는데 이런 보드카는 얼어버려서 가짜를 구별하기가 쉽다.

96년도에 해외에서 친구가 모스크바로 출장을 왔다. 또래 네 명과 직원 한 명 이렇게 다섯 명이 술을 마셨는데, 그날 그 술집엔 냉동실에 보드카가 없다며 미지근한 것을 얼음에 타서 마시라고 해서 우린 보드카 대신 양주 한 병을 시켰다.

양주도 워낙 가짜가 많아서 가장 싸구려로 통하는 패스포드 한 병을 시켜서 딱 두 잔씩 마셨다. 500ml 한 병을 시켜서 다섯 명이 두 잔씩 마시니 거의 한 병이 다 비워졌는데 그때부터 모두들 행동이 이상해지기 시작했다.

나와 친구들 모두 술을 잘 마시는 편이고 각각 보드카 한 병씩은 마실 수 있는 주량이었는데, 두 잔 밖에 안 마셨는데도 혀가 잘 돌아가지가 않았고, 출장 온 친구를 보니 벌써 소파에 엎드려 있었고, 다른 한 친구는 연신 토하고 있었다. 나 또한 속이 안 좋아서 화장실로 가는데 왠지 모르게 다리가 움직이질 않았다. 같이 있던 직원이 "사장님, 다리가 이상해요!"해서 밑을 보니 정말로 다리가 문어발처럼 따로따로 움직였다.

엉금엉금 기어서 화장실로 가고 난 그후로는 기억이 없었다. 그 다음날 호텔에서 깨어났고, 친구는 아침에 다시 해외로 돌아가야 했으나 깨어나지 못해서 비행기도 못 탔고, 다른 친구는 그 다음날 저녁까지 계속 휴지통만 잡고 살았다.

가짜 양주를 마신 것이었다. 그나마 많이 마시지 않았으니 그 정도였지, 장님이 안 된 것이 천만다행이라고 생각했다. 워낙 술을 좋아하는 민족이라서 가짜 술도 대단히 많고 제조 방법 또한 무식하다고 밖에 표현이 안 된다. 공업용 알코올로 대충 순도를 맞추어 판매를 하니, 그 술을 마신 사람은 죽을 수도 있고 불구가 될 수도 있는데 정작 주조하는 사람들은 본인이 안 마신다고 별 거리낌이 없는 것 같다.

보드카 대신 가장 저렴한 양주를 시킨 것도 그나마 싼 술이니까 가짜가 적으려니 해서였는데 그날은 가장 저렴한 양주 조차도 공업용 알코올을 섞은 시한폭탄이었던 것이다.

가짜가 문제인 것인지 제대로 된 보드카는 숙취도 없고 러시아에선 민간 약으로도 널리 쓰인다. 우리나라 민간요법에도 술을 이용한 것이 몇 가지 있는 것처럼 러시아의 보드카로 민간 처방법이 있다.

워낙 장이 안 좋은 나는 배탈 설사약인 '정로환'을 달고 다니는데, 한 번은 출장 때 깜빡하고 챙기질 못했다. 긴장해서인지, 날씨가 확 바뀌어서인지 계속 설사가 나기 시작했다. 업체 손님과 한국 식당에서 식사를 하는데 속이 불편한 것을 눈치 챈 러시아 바이어는 주인에게 보드카 100그램을 주문했다. 소금도 같이.

'해장 술도 아니고 배 아픈데 웬 보드카?' 하고 미심쩍어 하고 있는데 러시아 바이어는 보드카를 나에게 한 잔 따라주고는 그 잔에 소금 한 숟가락을 넣었다. 그리곤 나더러 쭉 마시라고 했다. 그러면 설사가 멈춘다고.

안 그래도 뱃속이 난리인데 거기다 보드카에 소금까지……. 내가 마시지 않고 있으니까 잔을 내 입에 들이미는 바람에 하는 수 없이 마시게 되었다. 쓰고 짜고……. 결국 먹던 밥도 다 못 먹고 식당에서 나왔는데 신기하게도 그 순간부터 설사가 멈췄다.

그 신기한 경험을 한 기념으로 저녁에는 내가 바이어에게 술을 사고 좀 추운 겨울 날씨에 밖을 배회하다가 아침에 일어

나보니 감기가 걸려버렸다. 다음날 아침에 또 다시 같은 바이어와 아침식사를 하는데 내 얼굴을 보고 "미스터 김! 오늘은 또 어디가 아프냐?" 했다.

"어제 찬바람을 쐬고 술 마셔서 감기가 걸렸다. 좀 자고 싶은데……."

그러자 바이어는 또 다시 보드카 100그램을 주문했다. 그리고 이번엔 후춧가루 한 숟가락을 타서 나에게 권했다. 그걸 마시면 감기가 떨어진다고 하면서…….

한국에서 감기가 걸리면 소주에 고춧가루 타서 마신다는 말을 들었는데, 민간요법이 정말 비슷한가 의아해하면서 후춧가루 탄 보드카를 마셨다. 오후가 되니 정말로 감기 기운이 없어졌다. 보드카가 탁월한 것인지, 후춧가루가 좋은 것인지 모르지만 설사와 감기 모두 보드카를 마시고 낫고 출장 업무를 무사히 마칠 수 있었다.

보드카와 관련된 에피소드 하나 더. 러시아 사람들은 마음이 맞는 사람들끼리 사우나에서 하루종일 보드카를 마시면서 사우나를 하는 문화가 있다. 크라스노다르에 갔을 때 거기서 나를 맞이했던 사람들과 2박3일 동안 사우나에서 보냈던 적이 있다. 말하자면 최고의 접대를 받은 것이다.

첫날은 고려인 한 명, 러시아 사람 한 명, 나까지 세 명이서 저녁을 보냈다. 어디서 났는지 러시아식 꼬치구이(샤슬릭)을 잔뜩 갖다 놓고 그 옆엔 1.5리터짜리 보드카 세 병이 있었다.

그걸 다 마셔야 친구가 된다고 했다. 설마 농담이겠지 하는 사이에 우선 한 병이 비워졌다. 난 웬만해선 술 취하는 모습을 보여주지 않는 편이라서 셋이서 한 병까지는 자연스럽게 지나갔다. 두 병, 세 병……. 조그만 체구에 자기들과 똑같이 보드카를 잘 마시는 내가 신기해 보였나 보다.

하지만 사실 술이 오를 대로 오른 나는 정신을 차려야 한다고 느껴져 잠시 자리에서 일어나 핀란드식 사우나에 들어갔다. 그러나 술을 마신 상태로는 도저히 견딜 수가 없어서 냉탕으로 갔다. (러시아 사우나의 구조는 거실, 사우나, 냉탕으로만 되어 있다.) 우선 냉탕 옆에 앉아서 찬물을 머리에 끼얹으며 준비를 한 후 바로 탕으로 들어갔다.

들어가면 바로 냉탕 바닥에 엉덩이를 붙여야 하는데 바닥은 닿지 않고 몸은 점점 물 속으로 들어가고 있었다. 아무리 들어가도 발이 닿질 않았다. 세상에! 러시아 사우나의 냉탕은 2미터가 넘는 깊이였던 것이다.

그때까지만 해도 수영을 못 하던 나는 물만 먹고 허둥대고 있었다. 그걸 본 러시아 친구는 수영을 못 한다고는 생각도 못한 채 내가 장난을 하는 줄 알고 나를 쳐다보면서 웃고만 있었다. 황천길을 가기 직전에 우리 동포가 와서 손을 잡아줘서 겨우 살아 나왔다.

그 이후로 모스크바에서 수영을 배워서 앞으로는 사우나에서 빠져 죽을 일은 없지만 그때 생각을 하면 지금도 아찔하다.

사우나 에서만이 아니라 러시아 사람들의 일상에는 보드카가 빠지는 일이 없다. 아침에 출근하다 보면 식빵을 안주 삼아 보드카를 마시는 노동자들을 종종 볼 수 있다. 식빵을 살

돈이 없는 사람은 안주도 없이 보드카 한 잔 마시고 자기 겨드랑이에서 나는 쉰 냄새를 한 번 맡고 또 한 잔을 마시는 엽기적인 술 문화도 있다.

보드카는 어떤 안주에도 어울리는 술이다. 소주는 보통 서민적인 안주인 김치찌개와 같은 얼큰한 것이나 부침개 등과 어울리고, 위스키는 양식 스타일의 고기나 치즈, 과일과 어울리는데 보드카는 어떤 안주라도 상관없이 마시기 편한 것 같다.

러시아와 중앙아시아에선 아주 더운 여름에만 맥주를 마실 뿐, 일상적으로 보드카가 어느 자리에서나 주인공이다. 러시아 생활을 하면서 나 또한 보드카 애호가가 되어 있다. 지금도 러시아나 중앙아시아를 가게 되면 꼭 보드카를 찾게 된다. 가짜 술인지 확인을 잊지 않고!

(1998년)

타쉬켄트의 개갈비 수육

타쉬켄트는 내가 나이가 좀 더 들면 살고 싶은 도시이다. 충청도나 강원도에 있는 조그만 소도시 같은 이곳은 젊은이가 살기엔 약간 지루하고 정체되었다고 느낄지도 모르겠지만, 바쁜 일과에 마리가 아프고 조용히 쉬고 싶을 때면 그 어느 곳보다 가장 먼저 떠오르는 곳이다. 이젠 처음 근무할 때처럼 부담도 없으니 가끔은 일이 없어도 일을 만들어서라도 가보게 된다. 나에게는 제2의 고향과 같은 곳이다

타쉬켄트에 처음 갔을 때 만난 분은 항공사 지점장님이시다. 모스크바에서 지역 전문가로 계실 때부터 알게 된 분인데 타쉬켄트에서 다시 뵈니 더욱 반가웠고 그 분 역시 가족과 떨어져 혼자 지내다 보니 매일 저녁을 같이 있었다. 특히 휴일에는 함께 산에도 자주 올랐다.

타쉬켄트의 명소라고 하면 골프장과 '침칸'이라는 텐진산맥 끝자락에 있는 산이 있다. 이 산의 정상에는 스키장이 있고 백두산 천지와 같은 담수호가 있다. 천지를 안 가봐서 모르겠

지만 크기가 비슷하지 않을까 생각된다. 5톤급이 넘는 보트가 다닐 정도로 아주 깊다. 여름에는 수영하러 가고 겨울에는 눈 덮힌 정상에서 양고기 꼬치구이와 보드카 한 잔 하고, 내려오기 전에 코펠로 라면을 끓여 먹고……. 정상에는 한국 교민이 패스트푸드점을 하고 또 한쪽에선 한국식 핫도그까지 판매하고 있다.

지점장님과는 차로 여러 식당을 찾아 다니며 이것저것 맛보기도 했다. 워낙 도시가 작고 낙후된 곳이라 변변한 식당이 별로 없었기 때문에 지나가다 괜찮아 보이는 식당이 있으면 일단 내려서 어떤 식당인지 확인해 보고 나중에 다시 와서 저녁식사를 하곤 했다. 대게 둘이서 원화로 5,000원 정도 나오는 게 고작이었으니 음식값의 부담은 별로 없었다.

한국 사람들이 잘 못 먹는 향신료가 많이 들어간 것이거나 양고기 등 이래저래 기름칠 돼서 나오면 그날은 허탕치고 집에 가서 라면이라도 끓여 먹곤 했다. 몸이 피곤할 때면 개고기를 먹으러 갔다. 타쉬켄트는 스탈린 시대 때 많은 동포들이 강제 이주된 곳으로 전체 인구의 1%가 고려인이어서 개고기 음식점이 성행했다.

이곳의 개고기는 한국에서 먹던 개고기와는 전혀 다른 맛이다. 난 지금도 개고기집 하면 타쉬켄트의 개고기집을 가고 싶을 정도로 맛이 있다. 우리가 가장 좋아하는 것은 개갈비 수육이다. 많은 양을 준비해 놓지 않기 때문에 먹으려면 미리 예약하고 가서 먹어야 했다.

1인분 시키면 한 양푼이 나오는데 우리나라 수육으로 생각하면 3인분 정도의 양이어서 네 명이 가서 수육에 국, 반찬, 보드카까지 먹어도 2만원이 채 안 나온다.

현지에서 여행사를 하시는 사장님이 그 집에 가서 개갈비를 시켜 먹으려는데 러시아어를 몰라서 손짓으로 자기 몸의 갈비 부위의 뼈를 가리키면서 주문을 했다고 한다. 그런데 주인은 잠시 후에 개 간을 삶아서 그 손님들 앞에다 놓았다. 갈비뼈를 콕콕 누르며 갈비 가져다 달라 한 것을 간을 달라는 말로 오해한 것이다. 이 얘기를 듣고 한참 웃었다.

(1999년)

양의 눈알을 먹다

러시아 다음으로 발전하고 있는 나라가 있다. 옛 소비에트 연방에서 독립된 나라 중 하나인 카자흐스탄은 러시아 다음으로 영토도 크고 광물과 원유 매장량이 엄청나다. 점점 많은 외국인 업체가 지사와 공장을 오픈하고 있다. 내가 이곳에 처음 간 것은 98년이었지만 지사를 오픈한 것은2003년이었다.

98년에 우즈베키스탄에 지사를 오픈 하면서 카자흐스탄의 지방도시로 출장을 갔다. 먼저 부공항장과 면담을 하고 오후에 공항장과 면담을 할 수 있게 되어 하루를 그곳에서 보내게 되었다.

공항은 타쉬켄트 공항보다 더 작았다. 점심때가 되어 공항 내 식당에서 점심을 먹게 되었는데 공항장, 부공항장이 식사하는 곳은 좀 고급스러워 보였고 과하다 싶을 정도로 여러 음식이 나왔다.

우선 양을 통째로 삶았는지 기름이 위에 층으로 두껍게 덮여 있는 스프가 나왔다. 양고기 특유의 노린내가 났지만 예의상 한 그릇을 싹 비웠다.

야채와 고기가 나왔다. 야채는 오이와 토마토, 그리고 파를 자르지 않고 다듬어서 원형 그대로 나왔다. 다른 도구의 사용 없이 손으로 음식을 먹는 나라이다. 대충 눈치껏 손으로 집어 먹고 있는데 갈수록 고기가 좀 이상하게 나오기 시작했다. 소시지와 치즈가 나왔고 양갈비가 나왔다. 양갈비는 냄새가 코를 찔렀지만 워낙 모스크바에서 오래 살아서 웬만한 음식은 개의치 않고 잘 먹었으므로 그냥 저냥 먹었다.

또 하나의 접시가 나왔다. 소시지처럼 둥글게 말린 고기였는데 그걸 옆으로 잘라서 접시에 담아 내게 전해준다. 흙 색깔이고 그다지 구미가 당기지 않았지만 일단 확인 차원에서 하나를 먹어보았다. 왜 그렇게 질긴지…….

"이게 뭡니까?"

"말고기인데 남자에게 좋습니다. 그 대신 많이 먹으면 혈압에 안 좋으니 조금만 드시고……."

어느 나라를 가도 몸에 좋다고 하는 것보다 남자에 좋다고 하면 왠지 모르게 먹게 된다.

그런데 같이 먹은 음료가 문제였다. 나는 원래 일반적인 생수보다 탄산수를 좋아한다. 그래서 평소대로 탄산수를 마셨는데 식사 후 회의를 하면서 계속 트림이 나오기 시작했다. 그 트림에 점심에 먹은 양고기 노린내가 계속 올라오는데 머리가 지근지근 아플 정도였다. 그 역겨운 노린내를 경험해 보지 못한 사람은 이해를 못하겠지만 저녁에 보드카를 마실 때까지 정말 괴로웠다.

평소에도 장이 안 좋아서 화장실을 자주 가는데 이런 상황이면 저녁에 잡혀 있는 만찬이고 뭐고 그냥 바로 타쉬켄트로 돌아가고 싶었으나 영업상, 예의상 꾹 참고 저녁을 기다렸다.

저녁 만찬 전에 시장엘 가봤다. 일반 재래시장에서 뭘 판매하는지 궁금하고 한국 상품이 있는지도 궁금했다. 우즈베키스탄과 별반 다른 것은 없었다.

볶음밥을 파는 노천 식당을 구경하고 있을 때 뒤에서 누가 나를 불렀다.

"당신 고려사람? 나 배가 고픈데 뭘 좀 주쇼"

뒤를 돌아보니 러시아 할머니 한 분이 있었다.

"여기 고려 사람 많이 살았지. 그런데 지금은 다 러시아로 이사 가고 없다. 나는 고려사람이랑 친해서 말도 배웠어. 그런데 지금은 나 혼자 살아서 힘들어"

지갑을 열어보니 우즈베키스탄 화폐만 있었다. 그 화폐를 보여주었더니 "일없어(괜찮아). 그거라도 줘" 하면서 냉큼 받았다. 그 시장에서 사서 먹고 있던 해바라기 씨도 드렸더니 좋아하며 받았다. 이가 다 빠진 할머니가 동냥을 위해서 한국말까지 하는 모습이 너무나 안쓰러웠다.

저녁 만찬에서는 '아까 그냥 갈 걸 그랬다……' 하는 생각만 계속 했다. 인원은 30명 정도였고 여자들이 마당 한가운데서 양 몇 마리를 잡아서 꼬치구이를 만들고 있었다. 바베큐처럼 불을 지펴서 그 숯으로 고기를 구워내어 바로 먹는 꼬치구이는 냄새는 나지만 맛은 괜찮았다.

공항장이 일장연설을 하는 동안 식탁이 준비되고 식탁 위로 아까 잡은 양의 머리가 삶아져서 올라와 있다. 우리나라 고사에서 지낼 때 놓는 돼지머리 같기도 하고, 이걸로 뭘 하려는 것인지 궁금해하고 있는데 모든 사람의 눈동자가 날 바라보기 시작했다. 뭔가 앞으로 일어날 일에 대한 장난기 섞인 예상을 하고 있는 듯 보였다.

공항장이 연설을 끝마치고 나를 불렀다. 서울에서 귀한 보스가 와서 이렇게 만찬을 열었으며 축하 드린다고 하더니 삶은 양 머리의 눈을 꼬챙이로 꾹 찔러서 나에게 줬다. 이 나라 관습에 양의 눈을 보스가 먹고 잘 보고 다스리라는 좋은 뜻이 있다고 말하면서……. 30명이 다 나만 보고 있었다. 밖에서 보는 양의 눈과 꺼내서 보는 양의 눈 크기는 정말 달랐다.

이걸 정말 먹어야 하나? 도저히 그냥은 못 먹을 것 같고, 보드카 두 잔을 들이마시고 입에 확 집어넣었다. 뭐라 표현을 할까……. 동태찌개에서 동태의 눈을 먹었을 때와 맛은 비슷했지만 워낙 커서 끔찍했다. 대충 씹지 않고 삼켜버렸다.

내가 양 눈알을 먹는 것과 동시에 모두가 보드카 건배를 했고, 공항장은 이어서 양 머리에서 이것저것을 잘라냈다.

"선생님 나오세요! 여기 혀를 먹고 학생들을 잘 가르치세요!"

"학생 나와라! 여기 귀를 먹고 잘 듣고 배워라."

먹는 부분마다 다 뜻이 있고 먹을 때마다 보드카 잔이 높여졌다. 30명 대부분이 돌아가면서 한 마디씩 했다.

러시아나 중앙아시아에선 저녁 만찬에 한 번씩 일어나서

오늘 만남에 대한 소감을 표현하고 건배를 제의하는 의식 같은 것이 있다. 그날도 30명이 한 마디씩 하면서 주인공인 공항장과 나에게 건배 제의를 했다. 나는 그때마다 잔을 다 비워야 했고 그러다 보니 그 날 보드카를 30잔을 넘게 마셔버렸다. 점심에 말고기를 먹었는지, 아까 양의 눈을 먹었는지 기억도 점점 없어지고 말았다.

중앙아시아 국가에 사는 국민들은 모두 사람 초대하는 것을 너무 좋아하는 것 같다. 공항장이 마련한 공항 내 호텔에 가서 하룻밤을 자고 아침에 호텔비를 계산하니 하루 숙박료가 3달러라고 한다. 정말 싸다!

그 이후로는 저녁 초대를 받으면 어떤 종류의 자리인지, 또 마당에서 만찬을 하는지 먼저 물어보고 나서 갈 것인지를 결정하게 됐다. 지나고 나서 생각하면 재미있지만 그 순간순간들은 정말 난감하기 짝이 없기 때문이다. 아마도 보드카가 없었다면 끝까지 먹지 못하고 말았을 것이다.

(1999년)

사랑스런 독수리, IL- 76

94년 초, 'door to door'를 내걸고 영업을 시작한 후에도 화물량은 전혀 늘어나지 않았다. 매주 서너 박스에 200kg정도의 극히 소량의 화물만 통관하고 있던 어느 날, 그 날도 모스크바 화물 청사엔 한국에서 수입된 화물이 여섯개 동의 대형 창고도 모자라서 일반 활주로에 대형 비닐로 덮여서 통관을 기다리고 있었다. 창고에서 우리 회사 화물 세 박스를 통관하면서 잔뜩 쌓여 있는 남의 화물을 '우린 언제나 저렇게 많은 화물을 영업해서 비행기에 실을 수 있을까' 하고 너무나도 부러운 눈으로 쳐다보았던 기억이 난다.

그 후로 2년 뒤, 우리도 그만큼의 화물을 매주 보내게 되었고 그때 눈부신 활약을 한 것은 러시아 비행기인 IL- 76이다. 차터(전세기) 운항은 항공운송 업계로서는 가장 큰 희망이라고 할 만한 것이다. 자부심도 있고 마진도 그만큼 클 수 있으니 운송업에 종사한다면 누구나 꼭 해보고 싶은 일이지만 그만큼 리스크도 크다. 비행기 한 대 가격의 사용료를 지불했으나 상황에 맞게 화물이 모이지 않게 되면 그 남는 공간의 비용은 어디서도 보상을 받을 수 없으니 타격이 큰 것이다.

차터 운행 초창기에는 공항에서 내가 직접 작업을 하면서 기장들과 이것저것 상의를 하고 의견도 많이 나누었다. 그러다 보니 러시아 비행기에 대하여 많은 지식이 생겼다. 일단 공항 활주로에 도착하기도 전에 멀리서 날아오는 것만 봐도 저게 러시아 비행기인지 아닌지는 바로 알 수 있었다.

90년대 초부터 한국과 교역을 시작한 러시아는 기초과학은 물론 항공분야에서도 앞서가는 나라라서 오래 전부터 많은 수의 비행기를 자체 생산했고 수출했다. 군용기도 있고 군용과 민간이 함께 사용할 수 있는 항공기도 대량으로 생산했다.

IL-76은 제작사 일류신(ILYUSHIN)의 화물 기종이다. 러시아에선 이 기종을 1971년부터 생산하여 여러 번 개량형이 생산되어 1996년도에 900대 생산을 달성했고 현재도 매월 넉 대씩 생산하고 있다. 화물기로서는 중형인 45톤 정도를 탑재할 수 있는 아주 실속 있는 비행기로 운송사 입장에서 보면 전세 운항을 하여도 크게 무리가 가지 않고 탑재 입구나 내부 공간이 넓어서 유럽 및 미국 항공사보다 경쟁력이 있었다.

바로 그 이유 때문인지 현재 유럽과 미국에는 작년부터 IL-76의 입항 허가가 취소되었다. 취소 이유는 소음이 많다는 것이지만 아마 경쟁력이 너무 좋아서 자국의 비행기를 보호하고자 하기 때문일 것으로 판단한다. 지금은 한국, 중국, 동유럽, 아프리카 등으로 많은 화물을 싣고 세계를 누비고 있다.

외관상으로 보면 독수리처럼 생긴 이 비행기가 처음에 한국에 들어왔을 때 많은 항공사 직원들이 사회주의 국가가 생산한 이 덩치 큰 독수리를 보기 위해서 활주로에 나왔었다. 겉에서 보기에는 아주 멋지게 생긴 비행기지만 내부구조는 마치 70년대 기차 내부처럼 아주 초라하고 디자인 개념은 전혀 없는 비행기이다. 기장이 있는 자리를 빼고는 어디 앉아 있을 만한 공간이 없다. 공간은 있지만 쓸 만한 좌석이 없다고 하는 것이 옳은 표현인 것 같다.

하나 있는 화장실은 너무나도 악취가 나고 좌석은 비행기 양 옆에 등받이가 없는 작은 의자 같은 것들이 일렬로 있는데 군인들이 낙하산 타고 내리기 직전에 잠시 대기하고 있는 그런 좌석이다. 그런 곳에서 10시간을 앉아있다 보면 내릴 때쯤엔 몸에 성한 곳이 별로 없다.

초창기에 이 전세기를 차고 다닐 때는 화물을 적재한 공간과 기장실 중간에 박스와 담요를 깔아놓고 그 곳에서 카드놀이를 하며 시간을 때우곤 했다. 하지만 그것도 몇 번 타본 경험이 있은 후에나 가능한 일이었다.

맨 처음 전세기를 타고 서울에 올 때의 일이다. 물류업체 사장으로서 '당신의 첫 차터기' 라고 들었을때의 그 감격이란 이루 말할 수 없는 것이었다. 그러나 벅찬 마음으로 비행기에 탑승해보니 츄리닝 바지에 런닝 차림의 남자 항공 정비 관계자가 몇 명 있었다. 그들은 나를 보더니 씩 웃으면서 담요를 하나 꺼내 등받이 없는 의자에 깔아주면서 "1등석입니다!" 라고 했다.

기내의 승무원들은 박스를 깔고 앉아서 카드를 치고 있었고, 기장과 부기장 등은 정복을 입고 기내로 올라오긴 했지만 들어오자마자 곧바로 츄리닝과 반바지로 갈아 입고 이륙 준비를 하기 시작했다. 이게 시골 마을버스인지 '놀아요~' 분위기인지 분간이 안 되어 어리둥절하는 사이에 이륙이 시작되었다

이륙시간이 새벽 1시여서 그 직전까지 손님들과 술을 마시고 난 끝이라 기내에 들어오자마자 머리도 아프고 몸이 힘들어서 담요가 깔린 '1등석'에 누웠다. 안전벨트도 안 매고 아무 생각 없이 무심히 있었는데 이륙을 하자 곧바로 내 몸이 쭉 미끄러지면서 맨 끝 좌석까지 미끄러져 내려갔다.

승무원들은 재미있다고 낄낄대고……. 하는 수 없이 나도 박스를 주섬주섬 챙겨서 바닥에 깔고 잠을 청했다. 중간에 기내식이라면서 빵과 사과 하나를 건네주는데 속도 불편하고 해서 먹지 않았다.

그렇게 10시간 정도가 지나서 잠깐 잠이 들어있었는데 갑자기 몸이 이상했다. 이번에는 내 몸이 비행기 머리 쪽으로 쭉 미끄러져 올라가고 있었다. 착륙하려고 고도를 낮추는 바람에 그렇게 된 것이다. '이게 무슨 놀이공원 기차도 아니고…….' 승무원이 벨트 잘 잡고 있으라고 외치는 소리를 들으며 착륙했다.

그래도 90년대 초부터 매주마다 한국산 화물을 러시아로 보낸 기특한 비행기이고, 96년 처음 우리 회사에서 전세기로 계약을 하여 진행하면서부터 회사는 가장 큰 도약기를 맞이하게 되었다. IL-76이 없었다면 우린 더 이상 크지 못하고 주저

앉고 말았을 거란 생각이 든다.

서울에서 화물을 가득 싣고 이륙하기 전 화물이 꽉 들어찬 기내 화물칸의 문이 잠기는 소리를 들을 때마다 언제나 마음이 뭉클해지고 감사를 드리곤 한다.

이젠 한국 제조공장들이 대부분 중국, 베트남 등으로 이전하여 물류 시장이 워낙 많이 쇠퇴하고 이용횟수도 줄어들고 있지만 아직도 꾸준히 전세기로 이용을 하고 있다. 그러나 언젠가는 러시아와 항공 화물량이 줄어드는 시기에 맞추어 우리의 기억 속에서 점점 지워질 것이다.

IL- 76을 처음 계약하고 한국에서 화물을 실어 러시아로 운항하기 위해 텅 빈 비행기 상태로 나 혼자 타고 올 때의 감격은 죽는 날 까지 잊을 수 없을 것 같다. 그 날 이후 나는 이 사랑스런 독수리와 함께 한국과 러시아, 중앙아시아를 비행하며 내 꿈을 만들어왔다.

(1999년)

13인승 비행기

소자본으로 시작한 모스크바에서의 생활은 곧 한계를 드러내기 시작했다. 화물 운송 분야에 노하우가 없어서 일은 일대로 하면서도 이득은 많지 않았다. 게다가 자본이 없는 상황에서는 현지 러시아인보다 영업력도 부족했다. 할 수 없이 좀 더 외곽 지역으로 가서 남아있는 재고라도 판매할 생각으로 여러 지역을 찾아 다녔다. 1994년 체첸 지방 근교의 크라스노다르라는 곳에서 한국 상품이 필요하다고 하여 그곳의 상황을 점검해 보기로 했다.

다른 직원들은 그곳이 현재 분쟁 중인 지역이고 특히 체첸계 마피아가 가장 무서운 존재이니 절대로 가지 말라고 만류했다. 아직 그곳에서 사업한다는 소문도 들은 적이 없으니 절대로 가선 안 된다고 하며 내 앞을 막아 섰다. 그러나 난 당시 앞뒤를 가릴 여유가 없었다. 자금은 바닥인 상태이고 그대로는 한 달도 버틸 수가 없었다. 나를 안내해 줄 현지인과 공항으로 가면서도 신변의 걱정보다는 어떻게 하면 사무실을 유지

할 수 있을까 하는 염려만 하고 있었다.

그러나 공항에 도착하면서부터 생각이 달라졌다. 공항에 도착해 보니 우선 활주로가 빙판이었다. 비행기가 제대로 이륙할 수 있을지 걱정하면서 공항 버스를 타고 비행기 앞으로 갔다. 그런데 비행기를 보는 순간 불안감은 더 커졌다.

그때까지 국제선만 타다 보니 국내선에 그렇게 작은 비행기도 있다는 것을 그때 처음 알았다. 당시 내 눈에 그 비행기는 장난감 비행기처럼 너무나 작아 보였다. 3시간을 타고 가야 할 비행기가 이렇다니……

35년 된 연로하신 비행기의 가장 후미진 곳에 앉아 불안해하면서 난 문득 여의도에서 직장생활을 할 때 문화센터에서 배운 역학이 생각이 났다. 인상학으로 보면 인중이 긴 사람이 오래 산다는 강사님의 강의가 떠올랐다.

'김수환 추기경처럼 인중이 길어야 오래 산다……'

그 생각을 하면서 비행기 창문에 비치는 내 얼굴을 보았다. 인중이 짧아 보였다. 나는 나도 모르게 윗입술을 아랫니로 끌어당겼다. 조금이라도 인중을 늘리려고 도착할 때까지 계속 그런 바보 같은 행동을 했다. 그 이후로 난 순간적으로 긴장할 때와 출장 시 힘들 때 인중을 늘리려고 윗입술을 끌어당기는 버릇이 생겼다.

여러 해 러시아 생활에 이력이 생기면서 작고 낙후된 비행기에도 익숙해져서 그 전처럼 불안해하지 않게 되었다. 2000년 손님 한 분을 모시고 상트 페테르부르크행 비행기를 타게 되었는데 티켓을 미리 준비하지 못해 일단 공항으로 가서 돈을 더 지불하고 간신히 표를 구했다. 공항 대합실에 앉아 있는데 가만 보니 대기하고 있는 사람이 열 몇 명 밖에 안 되었다. 성수기라 사람이 많을 줄 알았는데 이상하다고 생각했다.

활주로에서 버스에 올라타서 비행기 탑승구로 가는데 여러 비행기를 다 지나치더니 맨 끝에 마치 박물관에서나 볼 수 있을법한 작고 오래된 비행기 앞에서 버스가 정지했다. '아니, 왜 박물관 앞에 내리나……' 생각하고 있는데 비행기 꽁무니에서 조그만 사다리가 내려왔다. 승무원이 내리더니 이걸 타라고 한다.

13인승 비행기였다. 러시아를 처음 온 손님의 얼굴이 순간 찌그러지고 있었다.

"이거 정말 탈 거야? 이거 언제 만든 거야?"

비행기 바퀴를 보니 닳고 닳아 맨들맨들했다. 나는 일전에 크라스노다르에 갈 때도 이런 비행기를 타봐서 대수롭지 않게 질문을 했다.

"이 비행기는 언제 만든 겁니까?"

"1960년. 그래도 이 비행기는 기내식도 나온다."

난 아무렇지도 않게 손님에게 그대로 통역해서 말해줬다.

"1960년도에 만들었대요. 올해로 꼭 41년째 운항이고 기내식도 내온다는데요."

손님은 비행기 안에서도 내내 이건 보험처리가 되느냐, 45분 거리라고 하더니 두 시간이 다 되어도 왜 도착을 안 하느냐 하고 안절부절이었다. 손님은 불안해서 기내식도 안 먹었다.

나도 그때 처음 안 사실이지만 이렇게 작은 비행기는 기존의 비행기보다 비행시간이 두 배가 더 걸린다고 한다. 어쨌든 41년 된 할아버지 비행기를 타고 무사히 빼쩨르부르그를 다녀왔다.

철갑상어의 알인 캐비어가 많이 나는 카스피해를 끼고 있는 나라들 중엔 투르크메니스탄이란 나라가 있다. 나라 이름도 생소하고 우리나라와 직항도 없고 해서 아는 이가 별로 없다. 우리나라와는 교역도 별로 없는 그 나라에 내가 관심을 갖게 된 것은 비행기 때문이었다.

물류업체로서 해당 국영 항공사의 한국 총대리점을 갖는 것은 영업적으로 커다란 성과이다. 아직 한국에 취항한 적이 없던 항공사인데 그래도 비행기는 많았다. 그 나라 비행기를 활용해서 한국에 취항을 시키고 싶어 우즈베키스탄에서 항공사 추천을 받아 찾아갔다.

타쉬켄트에서 티켓을 신청했는데 이코노미 좌석은 하나도 없다고 하여 비싼 비즈니스 클래스를 이용하게 되었다. 초청장을 미리 받았고 항공사 부사장과 약속을 해놓은 상태라 출장을 연기할 수도 없었다.

내가 탄 비행기는 국제선 비행기 중 가운데 좌석이 없는 가장 작은 기종이었다. 그런데 이 비행기의 비즈니스 좌석이란 것이 정말 말도 안 되는 수준이었다. 이코노미 좌석과 다른 것이 없었다. 전체 좌석의 1/5 정도가 비즈니스석 이었는데 단지 커튼이 있다는 것만으로 구분이 될 뿐이었다.

우리가 먼저 탑승하고 잠시 후 이코노미 승객이 올라오는데 좌석의 반도 차지 않았다. 주위를 보니 비즈니스 좌석은 꽉 차 있고 이코노미 좌석은 50%만 승객이 앉아 있었다. 비즈니스석의 몇 명 외국인들이 웅성웅성거리기 시작했다고 나도 화가 났다. 이코노미 좌석 사람들은 두 자리씩 차지하고 누워서 가는데 비싼 비즈니스석은 이코노미와 똑 같은 좌석에 촘촘히 앉아 불편하게 가는 웃지 못할 상황이었다.

승무원을 불렀다.

"지금 이 구조를 봤을 때 비즈니스와 이코노미의 차이점이 있다고 생각하세요?"

"당연하죠. 여기 중간에 있는 커튼부터 비즈니스석을 알리는 것이고, 중간에 기내식 나올 때 식탁보도 나옵니다."

기가 막혀서 더 이상 말이 안 나왔다. 그래도 두 시간 거리여서 그냥 참고 내릴 준비만 했다.

도착지에 내려보니 투르크메니스탄의 수도인 '아쉬아바드' 라는 곳은 타쉬켄트에 비해서는 약간 선선했다. 6월의 타쉬켄트 기온은 42도, 이 곳 아쉬아바드의 오전 10시경 온도는 38도였다. '아침부터 38도니 오후에는 만만치 않겠구나.' 하는 생각을 하면서 비행기 앞에 서서 활주로 버스를 기다렸는데 차는 안 오고 주위에 있던 사람들도 어디론가 없어져 버렸다.

'아니, 갑자기 어디로 간 거지? 버스는 왜 안 오고…….'

자세히 보니 먼저 내린 승객들은 버스를 기다리는 것이 아니라 비행기 날개 밑에 가서 옹기종기 모여 있었다. 38도의 날씨에 활주로 한가운데 있자니 햇빛을 가릴 것이라곤 비행기 날개밖에 없었던 것이다. '역시 경험자들이라 다르군…….' 하면서 나도 그들처럼 날개 밑으로 들어갔다. 승객이 다 나오고 승무원이 최종 점검을 하더니 비행기 날개 밑에 있는 우리들에게 손짓을 한다.

그러자 익숙한 승객들은 일제히 가방을 들고 승무원의 뒤를 따랐다. 활주로에서 버스를 타고 공항으로 가는 것이 아니라 걸어서 공항으로 들어가는 것이었다.

비행기가 지나다니는 사이로 활주로 한복판을 걸어서 공항으로 들어갔다. 나처럼 처음 온 외국인들은 영문도 모르고 두리번거리다가 엉겁결에 활주로 행군을 하게 됐다.

(2000년)

칼과 악수

어이없는 죽음

94년 12월 말, 모스크바에 와서 합류했던 작은 형 가족이 12월 28일에 서울로 돌아가고 연말을 혼자 지내고 있었는데 12월 30일에 모 건설회사로부터 연락이 왔다. 모스크바 외곽 도시에서 공사를 하던 팀인데 컨테이너 숙소에 불이 나서 사망사고가 발생했다고 한다. 시신을 서울로 보내야 하는데 어찌해야 할 지 몰라 항공사의 소개를 받고 연락을 했다는 것이었다.

급하게 그 회사를 방문했다. 컨테이너이긴 하지만 부엌까지 다 갖춘 제법 고급스러운 사무실이었다. 관련 서류를 검토하던 중 왕복 비행기 티켓을 발견했는데 듣자니 이번에 숨진 사람의 것이라고 했다. 약혼식을 하기 위해 서울에 다녀올 예정이었던 사원을 축하할 겸 회식을 했다고 한다. 그 사원은 술을 많이 마시고 취한 상태에서 자기 컨테이너 숙소로 돌아가 난로에 라면을 끓이다가 과열로 인한 화재가 난 것 같다고 했다.

사고 현장에는 난로 위에 불에 그을린 냄비가 있었다. 추운 겨울 난로 옆에서 잠들었다가 이런 불행한 사태를 맞게 된 것이었다. 정말 어이가 없는 안타까운 사고였다. 서울에서 남자친구가 돌아오기만을 기다렸을 약혼녀는 얼마나 비통한 마음이었을까……. 하루만 잘 보냈으면 그 티켓으로 오늘 약혼을 할 젊은 친구였는데…….

여권 사진을 보니 갑자기 눈물이 나왔다. 나이도 나와 같았고 여권의 사진도 정말 나와 비슷했다. 이렇게 젊은 나이에 이 머나먼 타국에서 이런 비극적인 일을 당하다니…….

함석인지 알루미늄인지 건설자재로 급조해서 만든 관 위에 태극기가 덮여져 있었다. 그 관을 트럭에 싣고 공항 화물 청사로 갔다. 시신 운반은 처음 해보는 일이라 당황스럽기도 했고 휴가기간이라 공항에 직원도 거의 없었다. 그 날 날씨가 정말 추웠는데 밤새 공항 창고와 활주로를 돌아다니다 보니 스키복을 입고 있어도 온 몸이 얼어버릴 것 같았다. 온도계는 영하 24도를 가르키고 있었다.

창구마다 담당자가 없어서 구석구석 찾아 다니면서 서류를 내밀면 시신인 것을 알고 모두 다 인상을 쓰며 짜증난다는 표정으로 대충대충 허가를 내주는 덕에 그래도 다행히 그 날 새벽에 통관 절차를 다 끝낼 수 있었다.

관에 덮어두었던 태극기는 치워지고 그 대신 화물임을 알리는 물표 번호가 붙여진 채 보관 창고로 운반되었다. 그러나 냉동창고가 없었다. 냉동창고에는 이미 육류가 보관되어 있어서 시신을 같이 둘 수 없다고 하고 그렇다고 시신을 밖에 둘 수도 없고 난처한 일이 벌어졌다. 서울행 비행기는 다음 날 저녁에나 도착하고…….

창고장과 협의를 했다.

"지금 이 상황이면 너도 집에 못 가고 나도 집에 못 가고 이 시신을 지켜야 한다. 서로 타협점을 찾아보자."

다행히 냉장창고가 비어 있었다. 과일과 꽃 제품이 있었지만 다음 화물은 며칠 뒤에야 들어올 것 같다고 해서 임시방편으로 냉장을 냉동으로 바꾸기로 했다. 소요되는 모든 경비와 직원들 수당을 현금으로 주기로 하고 가격 협상에 들어갔다.

조금이라도 깎아보려고 정신없이 협상을 하고, 그러다가 모든 것이 끝나고 관을 지게차로 옮길 때 순간적으로 눈물이 났다. 시신 앞에서조차 돈에 자유로울 수 없는 내가 미웠고 젊은 죽음이 안타까워서도 눈물이 났다. 나이에 상관없이 죽음은 언제 어디서나 기다리고 있다는 생각에 눈물이 쉽사리 멈춰지지 않았다.

이런 차가운 땅에서 내가 그렇게 되면 내 존재는 며칠만 지나도 모든 이의 기억 속에서 없어질 거라는 생각도 들었다. 개인적으로는 휴가 일정도 취소되고 아무 이득도 없었지만, 아직도 그때 그 사고자의 여권 사진을 보며 눈물을 흘리던 순간이 생각난다.

그 이후로도 네 명의 사고자 시신을 서울로 보냈다. 모두 단순사고(화재, 교통하고, 익사)로 돌아가신 분들이었는데 그때마다 안타까운 죽음에 가슴 아팠던 기억이 있다.

업무상 원한관계로 추정되는 살인에 의한 사망 사고도 있었다. 초창기에 러시아에 정착한 시계 바이어가 있었다. 한국에서 시계로 꽤 명성이 알려진 중고가 제품을 독점으로 러시아에 판매를 하고 있었다.

이 사업가와 난 동갑이었고 화물 운송 업무로 자주 만나곤 했다. 가끔 러시아 현지인 고객 또는 관공서에 선물할 일이 있으면 이 친구를 찾아가서 예물용 시계 등을 저렴한 가격에 구입하기도 했다.

업무상으로는 피곤한 일도 많았다. 러시아에서는 화물이 분실되는 일이 아주 비일비재하기 때문이었다. 더구나 시계 같은 고가품은 분실사고가 더 잦았다. 분실을 줄여보고자 나무박스를 이용해 보기도 했으나 오히려 '고가품 화물이 여기 있다'고 알리는 꼴이 돼버려 분실은 더욱 많이 일어났다.

그래도 우리 회사와 계속 거래를 한 이유는 다른 업체들은 화물 분실시 아예 책임을 회피하는 데 반해 우리는 책임지고 보상을 해줬기 때문이었다.

사고가 나기 바로 전날 그 사업가와 여러 차례 통화를 하고있었다. 그 당시 동종업계 경쟁으로 출혈 덤핑을 하고 있어 운송료는 계속 내려가고 대부분의 업체가 문을 닫고 있던 시기였다. 그는 나에게 원가 이하의 가격을 요구했고 함께 보낸 서류에는 경쟁업체에서 보낸 가격이 나와 있었다. 그 가격에 운송료를 맞추기란 불가능했고 시계는 분실도 많아서 맡고 싶지 않았지만 고정 고객이어서 원가 정도로 진행하자고 설득했으나 절충이 안 되었다. 계속 설득하다 안 돼서 다음날 다시 통화하기로 하고 일단은 통화를 끝냈다.

그리고는 다음날 아침, 경쟁사에 맞설 수 있는 가격을 서울 사무실과 같이 상의하여 결정한 후 사무실에서 가까운 업체를 찾게 됐다. 그곳 사장님도 한국인이었고 알고 보니 그 시계 바이어하고 대학 선후배 사이였다.

그분은 말없이 연신 줄담배만 피워대더니 나에게 이렇게 물었다.

"시계 바이어 그 친구를 아십니까?"

"그럼요. 어제 계속 통화했고 화물료 가격 절충 문제로 이따가 가보려고 하는데요."

"가실 필요 없습니다. 어제 사고로 지금 경찰 영안실에 있습니다."

너무 놀라서 숨이 막혔다. 바로 전날 저녁까지만 해도 운송료를 한 푼이라도 깎아보려고 전화로 실갱이를 하던 사람이 하루아침에 영안실에 있다니……

전날 저녁에 집으로 들어가다가 집 앞에서 기다리고 있던 괴한에 의해 죽음을 당했다고 했다. 경찰에서 조사한 바로는 1층에서 교민 신문을 꺼내려고 우체통을 보다가 거기서 예리한 칼로 찔리고 계단으로 피해 집이 있는 8층까지 가면서 무려 심장을 19번이나 찔려 사망했다고 한다. 경찰에선 그렇게 칼을 사용하는 것은 동양인 밖에 없다고 했고, 원한관계로 단정지었다고 한다.

그가 원한을 살 만한 것이 뭐가 있었을까 생각해 봤다. 시계가 러시아에서 날개 돋친 듯 팔리는 덕에 사업이 확장되어 주위에서 시기한 것 말고는 없을 것 같았다. 그러나 사건은 해결되지 않은 채로 남아 있고 수사에 더 이상의 진전도 없었다. 러시아에서 일어난 한국인 사고는 한 번도 제대로 해결된 것이 없었던 것 같다. 그만큼 외국인에 대해 러시아는 아직도 관심 밖인 것이다.

그렇게 주변에서 사고를 당하고 보니 새삼스럽게 긴장이 되었다. 8시 정도에 숙소에 도착했는데, 집 앞에 복장 불량한 녀석 두 명이 누군가를 기다리는 것처럼 보였다. 집에 들어가지 않고 그 녀석들이 자리를 뜰 때까지 두 시간 정도 기다리다가 들어갔다. 다음날도 같은 시간대에 또 두 놈이 서성이고 있었다. 그때 숙소는 1층에 경비가 없는 아파트여서 여간 불안한 것이 아니었다.

바로 그 다음날로 같이 사는 직원과 함께 이사할 집을 정해서 이사해 버렸다. 그날 서성이던 녀석들이 나와 우리 직원을 기다리고 있었던 것인지는 알 수 없으나 그런 끔찍한 사고가 일어난 직후라 그런지 불안한 마음으로 그 숙소에 살기가 싫었고 안 좋은 일이 예상되면 미연에 방지하는 것이 현명하다고 여겨졌다. 지금도 차량 분실등 약간이라도 불미스러운 사건이 생기면 다른 판단 없이 무조건 숙소부터 변경한다.

(1996년)

이노겐치

96년도 러시아 중소도시 '첼랴빈스크'에서 여행업을 하고 있는 여사장으로부터 연락이 왔다. 첼랴빈스크 도시 사람들과 한국 상품 구매단을 연결해서 정기적인 여객기를 띄우자는 것이었다. 우리 입장에서도 모스크바 이외의 곳에 전세기를 띄우고 싶었던 터라 우선 방문을 해보기로 했다.

국내선 공항으로 출발했다. 예상대로 내가 가장 싫어하는 러시아제 여객기 TU-134였다. 승객도 50명 정도밖에 못 태우는 비행기인 데다가 작아서 싫다기 보다는 기내에 너무나도 악취가 많이 나서 싫어하는 비행기였다. 화장실이 일반 비행기와 달라서 구조상 악취가 날 수밖에 없다.

악취를 참으며 두 시간 만에 도착한 첼랴빈스크의 공항은 우리나라 소도시 버스 터미널보다 더 낙후된 곳이었다. 공항에는 우리를 마중나온 러시아 여행사 여사장이 남자 한 사람과 기다리고 있었다. 남자는 남편이자 회사의 관리부장이라 했다. 나와 같이 간 직원과 서로 인사를 하고 그들 사무실로 향했다.

그들 말로는 우랄산맥에 위치한 첼랴빈스크에서 그곳 3
개 도시와 규합하여 서울에 직접 구매단 결성을 하자는 것이
었다. 그때까지는 모스크바 수입상에게 구매를 하거나 모스크
바를 경유하여 서울에서 구매를 하였는데 물류 및 기타 추가
비용 상승으로 경쟁력이 떨어져 직접 나서보겠다는 것이었다.
가능성은 있으나 현실성이 떨어지는 것으로 판단하고 숙소로
향했다.

숙소는 시내가 아닌 외곽에 있었다. 우리식으로 말하면 경
치 좋은 곳에 위치한 별장이나 휴양소 정도로 보면 되겠다. 러
시아는 법정 휴가가 1년에 한 달이나 있고 휴가기간 동안 정부
가 만든 휴양소에서 최소비용으로 숙식을 하면서 보낼 수 있
다. 그때가 한겨울이라서 경치가 아주 좋았다. <닥터 지바고>
에서나 나올 만한 오래된 저택이었고 입구가 눈으로 덮여 있어
서 너무나 멋있었다. 방을 안내받고 우리는 그들에게 물었다.

"숙소가 시내에는 없나요?"

"왜 여기가 마음에 안 드세요? 여기도 시설이 좋고 뒤에
강도 있고 아주 좋습니다."

"마음에 드는데 시내와 멀리 있어서 다른 업무를 할 수가
없을 것 같습니다."

저녁에 보드카를 마시면서 숙소를 시내에 정하지 않은 이
유를 듣게 되었다.

"전에도 외국 파트너들이 찾아온 적이 있습니다. 현재 우
리는 첼랴빈스크에서 두 번째의 여행사입니다. 우리가 초청한

파트너를 첫 번째 여행사가 뒤늦게 알고서 우리 파트너를 몰래 데리고 가서 일이 엉망이 된 것이 있죠. 그래서 다른 여행사에서 외국 파트너를 찾지 못하게 이곳으로 안내한 겁니다.”

듣고 보니 무슨 납치당한 것 같기도 해서 기분은 좋지 않았지만 솔직하게 대답하는 그 여사장이 마음에 들었다. 사실 이곳 휴양소가 너무나도 마음에 들었고 우린 그 여행사 말고는 더 이상 만날 필요도 없었기에 크게 신경을 쓰지 않았다.

그런데 그 여사장이 내 이름 부르기가 너무 어렵다며 이름을 러시아식으로 바꾸어보라는 제의를 했다. 나는 그렇지 않아도 호칭 때문에 불만이 많았던 터였다. 러시아에서는 ‘사장님’ ‘부장님’ 이렇게 부르는 경우가 거의 없다. 대개 ‘Mr. 김’ ‘김’ 또는 ‘익준’ 이렇게 이름을 부른다.

처음 모스크바에 왔을 때 조그만 사무실에 동포까지 포함해서 Mr. 김이 세 명이나 있었다. 그러다 보니 자연히 ‘익준’이라는 이름으로 불리게 되었다. 나는 그렇게 불리는 게 너무나도 싫었다. 어른들이 부르면 그렇다 쳐도 어딜 가도 하다못해 조그만 애들조차 ‘익준’ ‘익준’ 하고 부르니 기분이 과히 좋지 않았다. 서울에서 손님이 와도 직원들이 그 앞에서 ‘익준’ 하고 부르니 뭔가 바꾸긴 바꿔야 하겠다고 생각하고 있었다.

내가 맞장구를 치며 이런 마음을 얘기했더니 그 여사장은 이름을 뭘로 하면 좋을까 하고 그 자리에서 생각하기 시작했다. 익준과 비슷한 이름을 생각하던 여사장은 지금은 잘 사용하지 않지만 러시아 제정시대에 고관들이 많이 사용하던 이름 중 내 이름과 좀 비슷한 것이 있다며 그걸 사용하라고 했다.

'이노겐치'였다. 흔하지도 않고 괜찮게 느껴졌다. 여사장이 추천해 준 이 이름이 마음에 들어서 그때부터 나는 '김 이노겐치'가 되었다. 그 이후로 이노겐치라고 하면 대부분 내 이름을 잘 기억했다. 이름이 좋아서라기보다는 애칭이 더 기억에 남는 모양이다.

러시아 이름은 대개 애칭이 있다. 고르바초프 전 대통령의 이름이기도 한 미하일의 애칭은 미샤, 따지아나는 따냐…….

이노겐치의 애칭은 '케샤'였는데 케샤는 당시 러시아 만화에 나오는 앵무새의 이름이어서 어린아이들도 나를 보면 "아저씨 이름이 앵무새인 것은 알고 쓰는 것인가요?" 하고 묻곤 했다.

그렇게 우연히 여행사 사장이 이름을 지어준 후로 나는 주로 '케샤'로 불리고 있다. 그 여사장과는 이후로 몇 번 통화만 하고 거래가 끝내 성사되지는 않았지만 나에게 이름을 만들어 준 고마움 때문인지 가끔은 기억이 난다.

(1996년)

항로 변경

항공사가 아닌 일반 회사가 모스크바 공항에 사무실을 오픈하는 건 너무나 어려운 일이다. 일단 허가가 나오지도 않고 공항의 어떤 협조도 받지 못했다. 그러나 정상적인 화물 운송에 대한 통관을 지속적으로 늘리고 다른 업체보다 선점하기 위해서는 공항에 사무실이 필요했고 특히 운송 중 문제가 있을 때 언제든지 공항 출입을 하기 위해서는 통행증이 더욱 절실히 필요해서 공항 사무실을 얻기 위해 줄기차게 노력을 했다.

몇 번이나 공항장을 찾아갔으나 문전박대를 당하고 겨우 부공항장을 만났으나 그 사람의 첫마디는 "당신네 비행기는 몇 대나 있습니까?"였다. 아무 말도 못 하고 나왔고 어찌해야 할지 고민만 하면서 어렵게 통관 업무를 하고 있을 때였다. 공항에서 연락이 왔다. 급히 상의할 것이 있는데 빨리 와주었으면 한단다.

그들의 말인즉 현재 러시아 국제공항 세 곳 중 서울에서 오는 비행기는 모두 SVO2 공항으로 착륙하고 있는데 곧 SVO1 공항으로 착륙지를 변경할 것이라고 했다. 그렇게 되면 그때까지 SVO2 공항 항공화물 중 가장 많았던 한국 화물이 다른 공항으로 가게 되니 현재의 공항은 창고 및 세관 업무가 반 이상 줄어들어 적자를 면치 못하게 될 것이고 또 많은 직원이 퇴사해야 할 것이며 도와줄 수 있는지를 문의했다.

그 문제는 일단 우리 회사도 문제이기도 했다. 그동안 현재의 공항 SVO2 에서 화물을 통관하면서 많은 인맥을 알아두었고 앞으로 이전하게 될 공항 SVO1은 창고와 세관이 적어 통관하는 데 많은 불편이 있었다. 통관 때까지의 시간이 오래 걸리면 자연히 비용도 증가하는 법이니 우리 회사로서도 다른 공항으로 이전해선 안될 일이었다. 그때부터 공항 측과 우리 회사는 공동의 과제로 어떡하면 착륙지 변경을 막을 수 있는지 연구하기 시작했다.

새로 이전하는 공항은 유럽계 항공사에서 창고에 자본 투자를 한 상태로 적자를 막기 위해 러시아 운항부에 요청을 했고 그쪽에 인맥이 있는 공항 관계자가 힘을 써서 한국 화물이 그 공항으로 올 수 있도록 한 상태였다. 이미 착륙지 변경 날짜까지 나온 상태였다.

사무실에서 계속 고민을 하고 있던 중 엠마가 한 가지 제안을 했다. 현재 SVO1, 2 공항 모두 관심이 있는 것은 한국 화물이니, 한국 업체에 협조 요청을 하자는 것이었다. 한국 업체에서도 새로 이전하는 공항에 문제가 있으면 회사의 비용이 늘어나므로 모두 싫어할 것이니 그것을 정확히 알려 설득하고 한국 업체와 서로 공동대응을 하면 어떻겠냐는 것이었다.

그게 될까 하면서도 다른 방법이 없는 상황이었으니 곧바로 실행에 옮겼다. 며칠밖에 시간이 없어서 우선 공문 초안을 작성하라고 지시하고 나는 한국 업체들을 찾아 나섰다. 가장 먼저 대사관, 대한무역진흥공사, 엘지, 삼성, 대우 등등 가장 큰 회사와 관공서부터 찾아가 설득을 했다.

그들의 반응은 간단했다.

"그게 가능할까요? 러시아 정부에서 움직이는 것 같은데……. 우리 입장에서도 비용 문제 때문에 이전이 안 되면 더 좋으니 일단 원하는 대로 공문을 작성해 드리지요."

그렇게 해서 하루 만에 모스크바 내 한국관공서와 한국 지사들로부터 20개의 공문을 받아냈다.

"우리는 한국 업체로 현재의 공항 서비스에 만족한다. 우리 회사의 이득과 상관없이 다른 공항의 이득을 위해 아직 서비스도 잘 안되고 협소한 공항에 우리의 화물을 맡기고 싶지 않다. 만일 당신네 항공사가 우리의 화물 착륙지를 임의로 이전시킨다면 우린 다른 항공사를 사용하여 기존의 공항에서 서비스를 받겠다."

이런 내용으로 우리 직원들이 문장만 바꾸어가며 일일이 어떻게 쓸 것인지를 알려주는 식으로 현지 한국 업체 관계자들이 작성을 해줬고 나는 그 공문을 받아 공항 측에 전달했다.

공문을 받은 현재의 공항장은 고마워서 어쩔 줄 몰라하며 그 서류들을 우리나라 국토해양부와 같은 부서와 국영 항공사에 접수시켰다. 결과는 너무나도 빠르게 나타났다.

국영 항공사와 새로 이전하는 공항 측에서 나를 만나자고 난리가 났다. 그 전에 현재의 공항장이 조만간 여러 사람이 찾아와서 협박을 해도 절대로 밀리지 말고 버티어 달라고 부탁을 해두었었다. 덩치 큰 러시아 사람 여러 명이 그 협소하고 누추해 보이는 사무실로 여러 번 찾아와서 왜 이전하면 안 되냐, 현재 이전하는 공항도 많이 좋아졌다, 사무실을 만들면 혜택을 주겠다 등등 여러 압력과 회유를 했지만 우리 회사의 입장은 변함이 없다고 잘라 말하며 더 이상 할 말이 없으니 정 이전하고 싶으면 정부를 상대로 협의하라고 했다.

20일 후에 예정되었던 착륙지 변경은 취소되었고 현재의 공항장이 반가운 목소리로 직접 전화해서 만나자고 했다. 그는 우리에게 무엇을 도와주면 되는지 부드럽게 물었다. 나는 당연히 공항에 사무실이 필요하며 제대로 일을 해보고 싶다고 했다.

공항장도 앞으로 다시 이런 일이 생기면 한국 측과 긴밀한 협조를 위해서 우리와 같은 회사가 반드시 공항에 있어야 한다고 하며 그날로 공항 내 사무실을 허가해 주었다.

사실 그때 그 덩치 큰 녀석들이 협박을 해댈 때는 많이 당황스럽고 불안했지만 그 당시 우리 회사는 더 이상 물러설 곳이 없을 정도로 힘든 상황이었기 때문에 독하게 버텨냈고, 그 결과 꿈에도 그리던 공항 내 사무실을 얻게 되었다. 아마 그때 공항 내에 사무실을 오픈하지 못했으면 이렇게 오래도록 러시아 내에서 현지화에 적응하며 회사를 유지하지 못했을 것이다.

3개월 후에 유고슬라비아에서 컨테이너 사무실이 도착하여 지금도 한국 기업으로는 유일하게 러시아 공항에 정식 사무실을 오픈하여 일을 하고 있다.   (1997년)

진정한 보복

98년 9월, 모스크바와 같은 구조의 지사를 차리겠다는 포부를 안고 우즈베키스탄의 수도 타쉬켄트에 첫발을 디뎠다. 타쉬켄트 공항은 러시아 지방 공항과 비슷했고 한국의 충북 진천의 버스 터미널 같은 분위기였다. 짐을 찾아 곧바로 대한 항공 지점을 찾아가 모스크바에서 같이 있었던 지점장을 만났다. 사무실 오픈에 대해 협조를 구하고 며칠간을 지점장이 혼자 살고 있는 숙소에 함께 머물며 타쉬켄트에서의 업무를 시작했다.

그곳엔 이미 기존 업체가 두 개나 있었으나, 모스크바에서 경험한 영업 방법으로 밀어붙이면 만족할 만큼의 화물을 운영할 수 있다고 판단했다. 처음부터 영업은 공격적이었다. 사무실도 공항 출국장에서 가장 잘 보이는 곳에 간판을 설치하고 공항에서 가장 비싼 사무실을 임대하였다. 가장 좋은 곳이라고 해봐야 한국과 비교하면 형편없는 곳이지만, 아곳에선 그래도 제법 폼이 나는 사무실이었다.

모스크바에서 대규모 바이어들을 상대하면서 터득한 영업 방법으로 타쉬켄트에서도 똑같이 진행하였다. 형편없는 시골 같은 도시에서 한국에서의 서비스와 동일한 방법으로 서비스를 해주고 그들에게 가장 중요한 통관 관련 서류와 세법에 대하여 지속적인 서비스를 해주었다.

일을 시작하며 터득한 것은 타쉬켄트의 세법과 통관 관련 업무가 러시아에서 3년 정도 전에 해왔던 방식으로 진행된다는 것이었다. 모스크바에서의 3년 전을 생각하면서 영업을 하다보니 일을 진행할 때 항상 다음 단계를 미리 예측할 수가 있어 정확한 판단으로 서비스를 해줄 수 있었고 그로 인해 고객을 어렵지 않게 확보할 수 있었다.

우즈베키스탄은 90년도에 독립을 하기 전까지 약 100년 정도를 러시아의 지배를 받은 나라이다. 그렇다보니 국가적으로도 모든 업무가 러시아에서 습득한 기술로 이루어지고 있었고 법령을 새로 바꿀 때도 사회주의 국가로서 선진국인 러시아가 모델이 되었다.

처음 모스크바에서 일을 배울 때부터 나는 관세실무라는 나름대로의 책자를 만들어서 일을 했다. 통관을 처음 하는 아이템과 방법에 대해 새로운 게 있을 때마다 문서로 작성하여 커다란 파일을 만들었고 그날그날 만났던 세관원의 성격과 해당 제품의 아이템을 바라보는 세관원의 생각과 판단까지 자세하게 기입하는 장부도 따로 작성했다. 이런 수고가 아주 귀중한 자료가 되어주었다.

우즈베키스탄에서도 그 방식대로 해서 일사천리로 빠른

시간에 바이어를 확보하다 보니 문제가 발생되었다. 경쟁업체에서 당연히 제재를 가하기 시작했고, 가격도 덤핑을 치기 시작했다. 상황은 점점 심각해져 갔고 경쟁사의 통관 브로커가 움직이기 시작했다. 그 친구는 전통 우즈베키스탄 민족으로 특히 한국 식당과 술집을 가면 항상 나와 우리 회사에 관한 말을 했고 반드시 여기서 죽이겠다고 떠들고 다녔다.

우즈베키스탄은 실크로드에 해당하는 지역이다. 이곳에는 우리 동포(고려인)가 스탈린 시대에 강제 이주 당해 오기 전까지 생산품이 별로 없었다. 자연환경이 척박하고 여름엔 45도까지 올라가는 지역이니 이들이 먹고 살수 있는 방법은 옛날부터 산적질뿐이었다.

그래서 우즈베키스탄의 민족을 일컬어 한 손으론 악수하고 다른 한 손은 뒤에 칼을 감추고 있다고 말하기도 한다. 실제로 많은 한국 기업이 이 나라에 투자를 했다가 처음과 너무나 다른 우즈베키스탄의 정부에 실망하여 대부분 철수했다. 이런 상황은 우리나라 기업에만 해당되는 일이 아니다. 아마 전 세계에서 맥도날드가 안 들어간 아주 희귀한 나라 중 한 나라일 것이며, 가망성이 좀 없어보이는 나라이다. 그런 민족의 사람이 계속 날 죽이겠다고 떠들고 다니니 걱정이 되었다.

사무실이 어느 정도 운영이 되면서부터는 모스크바 주재원 한 명이 합류해서 나와 같이 생활하게 되었는데 안전 면에서는 나 혼자일 때보다 더 부담스러웠다. 사실 그동안 러시아에 있으면서 워낙 사람 죽은 것을 많이 보아서 그냥 있을 수가 없었다.

이곳은 경찰국가로 불릴 만큼 경찰이 워낙 많아서 치안이 다른 주변국가에 비해 훨씬 안정되어 있는 나라이지만, 사람 일을 누가 알겠는가? 협력업체에서는 경찰에 부탁해서 집 앞에 보초를 세우게 해주겠다고 하기도 하고, 우리 현지 직원들은 설마 그놈들이 실제로 그런 짓을 할 수 있겠느냐고도 하고…….

당시 내 집은 이곳에서 말하는 땅집(단독주택)이어서 더 불안했다. 결국 집을 이사했다. 경쟁업체 통관 브로커가 잠잠해질 때까지 임시로 호텔로 거처를 옮기고 거기서 두 달을 살게 되었다. 비싼 호텔에 묵고 있자니 점점 화가 나기 시작했다. 내가 뭘 크게 잘못한 것도 아니고 그런 녀석 하나 때문에 이런 곳에서 움츠리고 있어야 한다는 생각을 하니…….

바로 다음날로 나를 죽이겠다고 떠드는 그 우즈베키스탄 통관사를 찾아갔다. 그와 담판을 짓기 위해 주위 직원들을 내보내고 둘이서 협상을 했다.

"나에게 뭘 원하는 거냐?"

"여기를 떠나라! 나 혼자 충분히 잘 하고 있는 지역이다."

"우리는 우리 회사 방식대로 영업하는 것이고 너희에게 문제가 있어서 바이어가 우리에게 온다면 그건 너희 잘못이다. 그리고 우린 공정하게 경쟁하는 것뿐이다."

사실 이 통관사와 나는 초면이 아니었다. 처음 타쉬켄트에 오자마자 그를 찾아가 우리도 너와 같이 일하고 싶다고 예의 있게 다가갔으나 그 자리에서 나를 망신만 주었다.

"너희가 러시아에서는 잘 하는지 모르겠지만 여기는 다른 나라다. 지금까지 다른 업체들도 그랬듯이 아마 너희도 못 버티고 떠날 것이다. 그러니 인사 나누고 자시고 할 필요도 없다.” 하면서 그 자리에서 일어나 나갔다. 나는 그 일 이후로 직업적 오기가 생겼고 상대가 방심하고 있는 사이에 업무적으로 대등한 위치를 만들어놓고 다시 나와 협상하지 않을 수 없게끔 만들었다.

내가 좀더 확고하게 나오니 그는 아무 말도 없었고, 잠시 후에 나는 그에게 타협점을 찾자고 했다. 항공과 선박을 분리하여 공동 영업을 추진하기로 제의를 했다. 그는 처음에 그게 무슨 수로 지켜지겠느냐며 반신반의하는 듯했으나 나는 되는 안 되든 일단 해보고 문제가 있으면 다시 만나서 상의하자고 종용하여 타협을 마무리지었다. 그날 그와 나는 같이 술을 엄청 마셨다.

모스크바에서부터 보드카로 단련이 돼 있어서 보드카, 위스키 등 있는 술은 다 마시고, 그 이후엔 그가 자기 집으로 초대하여 그곳에서 하룻밤을 보내고 그날부터 친구이자 파트너가 되었다.

나는 어느 지역을 가더라도 독점보다는 타협을 더 원한다. 조금만 양보를 하여 더불어 살아가는 것이 장기적으로 볼 때는 손해가 아니라는 것을 알기 때문이다. 우즈베키스탄 이외에 몇 개의 지사도 같은 방법으로 영업을 하고 있다.

나로 하여금 직업적 오기가 발동하게 했던 또 하나의 에피소드가 있다. 중앙아시아의 어떤 지역에 출장을 간 김에 이 지역에 지사를 낼까 말까 망설이고 있을 때였다. 그곳 통관 파트너를 만나고 항공사, 바이어들을 접촉한 후에 그곳에 이미 다른 업체가 독점하여 자리를 잡은 지 4년이 되었다는 사실을 알게 되었다. 내가 현지에서 업체 사람들을 만나는 것을 알게 된 그 독점업체는 나를 좀 만나자고 했다.

현지 식당 점심시간에 만나서 점심을 같이 하려고 미리 10분 전에 도착해서 기다리고 있는데, 약속시간에 조금 늦게 온 그 업체 대표는 종업원의 안내를 받아 내가 기다리는 테이블로 와서 내 얼굴을 보더니 "어? 사장님은 어디 계십니까? 전 직원이 아니라 사장님을 만나기로 했는데요." 했다.

나는 이런 일을 한두 번 당해 본 게 아니라서 그 사람이 왜 그러는지를 알았다. 내 얼굴이 동안인 편이라 이런 대접을 받기 일쑤였던 것이다. 내가 업무를 하는 데 있어서 가장 힘들어하는 부분이기도 했다. 남들은 얼굴이 동안이라 나이가 어려 보여서 좋겠다고 하지만 사업을 하는 데 있어서는 가장 큰 단점이라고도 할 수 있다. 특히 물류업계에 계신 분들은 대부분 50대를 넘은 분들이고, 한국 사회에서는 직급에 맞는 연령과 얼굴을 갖추고 있어야 유리한 점이 많다. 관공서를 상대로 영업을 할 때는 더더욱 이런 점이 중요하게 작용한다.

전에 한국의 고위 관리자를 해외에서 만난 적이 있었다. 그동안 우리 직원들이 만나서 여러 가지 협의를 한 적이 있었고, 그리고 그때 진행되고 있던 일이 기업의 이윤을 목적으로 하는 일이 아니라서 회사의 이미지도 좋게 되고 있는 시점에서 내가 찾아갔다.

약속된 시간에 맞춰 그분 사무실로 찾아갔더니 비서가 "서울에서 에코비스 사장님이 오셨습니다." 하고 안에다 알려 주었다.

"들어오시라고 해."

나는 들어가기 전 약간 열린 문 틈으로 그 고위 공직자의 모습을 보았다. 급하게 슬리퍼에서 구두로 갈아 신고 양복을 고쳐 입는 모습이 보였다.

그러나 안으로 들어간 나를 처음 본 그분은 뭐에 놀란 것처럼 표정을 짓더니 갑자기 회의 의자에 먼저 앉으셨다. 그러면서 "나, 누구입니다." 하고 명함을 그냥 테이블 위에 올려놓고 나보고 집어가라는 표정을 하고 있었다. 순간 더 이상 대화를 하고 싶은 생각이 사라져버렸다.

나이와 외모에 상관없이 상대방이 예의를 갖추고 찾아왔고 약속을 했으면 서로가 어느 정도 예의를 갖추어야 할 텐데 첫대면부터 일이 꼬이는 것 같았다. 당연히 그날의 대화는 그냥 형식적인 것뿐이었고 아무런 협의사항도 없이 끝났다.

이런 일을 하도 여러 번 당했기 때문에 나는 웃으면서 "제가 대표를 맡고 있습니다. 앉으시죠." 했다. 상대방은 내내 아무 말이 없이 앉아 있기만 해서 내가 먼저 말을 걸었다. "이곳에 영업을 준비 중인데 협력을 할 수 있는지요. 우리가 영업을 해도 크게 무리가 없겠습니까?"

"여기서요? 마음대로 하세요! 만일 당신이 우리 통관 파트너를 만나면 내가 그 통관 파트너 일을 못 하게 만들 것이고,

항공사 사람을 만나면 그 항공사에 화물을 보내지 않게 해서 힘들게 할 것이고, 바이어를 만나면 그 바이어 화물은 절대 안 실어줄 거니까. 그동안 당신네 같은 사람들이 많이 와서 이곳에서 사업을 하려고 했지만 전부 다 나 때문에 포기하고 돌아갔다는 것만 알아두시오. 마음대로 하세요."

"아, 그렇습니까. 그럼 기왕에 한 점심약속이니 식사나 같이 하시죠."

"나는 다른 곳에 또 약속이 있어서요. 김익준 씨 혼자 드시죠."

그는 이렇게 말하고는 일어나서 레스토랑을 나가버렸다. 그 뒷모습을 보면서 나는 혼자 식사를 시켰고 보드카 한 병을 마셨다. 지금도 그렇지만 집에 와서 저녁에 가끔 혼자 술을 마시는 적은 있어도 밖에서 혼자 술 마신 적은 그때 한번 뿐이었다. 그때 보드카 한 병을 마시면서 참 많은 생각을 했다.

'내가 여기에 사무실을 만들어서 영업을 해야 할 당위성을 오늘 찾게 되는구나! 얼굴이 동안인 내 외모의 단점을 이번에는 장점이 되게 만들어주마.'

아무 준비 없이 일주일 예정으로 온 출장이라서 곧 모스크바로 돌아가야 할 상황이었지만 나는 일정을 바꿔 모스크바와 본사에 전화를 했다.

"이곳에 사무실을 만들어서 영업이 될 때까지 있을 것이니, 다른 주재원들이 맡아서 모스크바를 잘 꾸려나가세요."

"아니, 그럼 언제 오세요? 모스크바도 바쁜데요."

"이곳에서도 우리 회사의 노하우면 충분히 승산이 있습니다. 그러니 또 하나의 흑자 지사가 나올 것으로 좋게 생각하시고 러시아 잘 보살펴주십시오."

전화를 끊고 곧바로 그날 오후부터 사무실과 장기 투숙할 아파트를 찾아나섰다. 그때는 현지인 급료가 한국의 1/5 수준밖에 안 되었는데 2/5 정도의 급료를 조건으로 현지인을 소개받아 그 다음주부터 영업을 준비하기 시작했다.

한국인 업체로서는 엄두를 못 내는 공항의 한가운데에 사무실을 오픈했고, 두 명의 현지인을 채용할 때도 3개국어가 되는 엘리트와 외국계 회사에서 근무한 경력이 있는 직원으로 채용했다.

통관 파트너의 도움은 처음부터 받지 않았다. 경쟁업체에 노하우가 노출되지 않게끔 해야 하므로 처음 몇 번은 내가 혼자 통관을 해보고, 그 다음엔 직원들을 시켜서 진행했으며, 모스크바의 통관 상황을 상기하면서 통관을 하니 통관 파트너 없이도 더 저렴한 가격으로 통관이 잘 되었다. 직원들도 워낙 경험이 많았고 모스크바의 경험을 토대로 만들어둔 실무자료집을 가지고 참고하며 일을 하니 사무실 오픈 후 석 달이 지날 때쯤엔 우리 회사만큼 통관 및 운송의 노하우를 가진 업체가 없었다.

우리 스스로 루트를 만들고 바이어를 확보해 두니 오히려 통관 파트너와 항공사측에서 접근해 왔다. 나는 그들에게 "우리는 더 이상 원하는 것이 없다. 현재의 경쟁업체만큼의 가격과 대우만 해달라."라고 말했다. 통관 파트너와 항공사도 러시아에 지사가 많은 우리 회사에 당연히 구미가 당겼을테고 우리의 조건도 무리가 있는 것이 아니라서 쉽게 합의를 보았다.

그리고 5개월이 지나면서부터 공식적으로 영업을 알리고 전체 바이어에게 같은 가격으로 세일을 시작하였다. 그곳에 출장을 간 지 8개월 만에 흑자를 만들었고 그로부터 한 달 후에는 처음에 나에게 무안을 주었던 독점업체 사장을 다시 만나게 되었다. 상황이 역전된 것이다.

당연히 나는 예전과 같은 입장이 아니었고 서로가 아주 부담스러운 존재가 되어 있었다. 타협이 안 되면 양측 모두 손해일 수밖에 없었기에 합의를 하게 되었지만 불과 몇 개월 전의 상황이 아닌 동등한 위치에서 합의를 이루어내었다.

합의 후 그와 술을 마시고 가라오케의 시끄러운 방에 갔을 때 난 그가 듣지 않게 혼잣말로 그에게 말했다. "왜 사람의 외모를 보고 판단을 하십니까. 그때 저에게 어느 정도 예의만 갖추었다면 나는 모스크바로 갔을 텐데요. '이런 젊은 친구가 내 경쟁 상대가 되겠어'하며 나가는 당신 모습을 보면서 제가 느낀 게 많지요. 나는 당신이 방심하게끔 지난 5개월을 기다리면서 지금 당신에게 다시 무시 못 할 존재로 나타난 것입니다. 사람을 외모로 판단하지 않길 바랍니다."

(1999년)

쉬운 일이란 없다

2002년 6월 한 달 간 지구 전체, 특히 한국은 월드컵으로 어찌 지나갔는지도 모르게 바쁘게 살았던 것 같다. 우리 회사도 마찬가지였다. 월드컵이 시작하던 6월 전주부터 심상치 않은 일들이 벌어지기 시작했다.

물류회사로 그 해 5월까지 너무나도 순탄하게 운영이 되어 점점 느슨해진 느낌이 들었고 나또한 안이한 생각으로 회사를 운영했던 것 같다. 회사는 안정적이었고 더 이상의 경쟁도 없어보였으니 연말에는 어느 정도의 수익이 발생될지 판단해서 조그만 땅이라도 알아보자고 관리부장과 호들갑을 떨고 있을 때였다.

5월 20일경 매 분기마다 정기적으로 출장을 가는 루트인 모스크바-키예프-타쉬켄트 지사를 가기 위해 필요한 물품과 선물을 구입하고 있을 때였다. 핸드폰에 발신자 번호가 찍히지 않은 전화가 왔다.

몇 년 전이나 지금이나 현지에서 전화가 오면 반가운 소식이란 거의 없고 주재원 직급으로서 해결이 안 되는 사고가 발생했을 때가 많다. 서울에 있으면서 해외전화가 걸려오면 우선 호흡부터 가다듬고 받는 버릇이 생겼다. 우선 사고에 대한 각오를 하고 전화를 받아야 침착하게 내용을 듣고 답변을 해 줄 수 있다. 사고가 났다고 내가 먼저 화를 내거나 당황하면 주재원에게 해결 방법을 알려줄 수 없기 때문이다.

아니나다를까 전화를 받자마자 다급한 목소리가 들려왔다.

"사장님, 모스크바입니다. 다름이 아니고 이번 달에 구입한 사장님 차량이 한 시간 전에 집 앞에서 없어졌습니다."

"기사에게 물어보든지 경비에게 확인해야지."

"여기서 확인해 보니 어제 저녁 경비가 있는 주차장에 주차시켰는데 없어진 것 같습니다."

올 초에 사업 흑자로 러시아로 손님들이 많이 올 것으로 기대해서 지금까지 구입한 회사차 중 가장 비싼 차량을 한 달 전에 구입했다. 그런데 그 본 적도 없는 새 차를, 손님과 같이 러시아 가서 타야 할 그 차를 조금 전에 도둑맞았다는 보고였다.

차량을 구입하고 다음주에 보험을 들려고 신청을 했다고 하는데, 바로 보험등록 전에 차량을 도둑맞은 것이다. 뭐라 할 말이 없었다. 작정하고 훔쳐간 차량을 주재원에게 뭐라 해봤자 소용이 없었기 때문이다.

나중에 경찰, 차량 판매 딜러와 함께 확인해 보니, 독일산 차량 중 하나의 업체 것이 현재 모스크바에서 가장 많이 도난 당한다고 한다. 차량 열쇠 없이도 문을 열고 시동 걸기 가장 쉬운 차라고 하면서 차량을 판매한 그 딜러라는 녀석이 다음에는 그 차를 구입하지 말라고 한다. 정말 이 녀석을 붙잡고 두들겨 패주고 싶었다.

도난당한 장소인 주차장에는 경비가 상주하고 있었고 차도 일부러 경비가 있는 그 옆자리에 주차를 했는데 아무래도 그 경비원이 절도범과 내통한 것처럼 말을 횡설수설했다. 분명 수상쩍었다. 하지만 외국인인 우리가 어찌해 볼 방법이 없었다. 타보지도 못한 차량을 분실하고, 우린 그 숙소가 재수가 없다며 바로 다른 곳으로 이사를 했다.

그것이 사고의 시작이었다. 그 이후로 12월 말까지 보름 간격으로 한 달에 두 번씩 사고가 발생했다. 첫 번째 사고가 난 보름 후, 월드컵이 시작될 무렵에 차터(전세기) 한 대에 실어보낸 화물에 문제가 발생했다. 러시아 세관에서 인정되어 통관이 된 비행기 한 대 분의 화물이 시내로 운송 직전에 경찰(KGB)에 압수당해 버렸다.

지금도 거의 사라졌지만, 중국 등 여러 지역에서 수입되는 화물들 중에서 정상적으로 서류를 작성하지 않은 화물들이 러시아로 계속 들어오는데, 그날 중국 화물에 대한 집중 단속이 있었다. 우연히 같은 날 한국발 화물이 같이 들어와서 함께 조사를 받게 되었고 서류가 약간 틀린 부분이 확인된 우리 화물을 경찰에서 중국 화물과 함께 압수해 버린 것이었다.

우리의 통관 파트너는 큰 일이 아니라고 조금만 있으면 통관이 될거라 장담을 하고 있었고, 사실 이런 일들은 1년에도 몇 번씩 일어났던 일이라 크게 신경을 쓰지 않았다. 텔레비전에서는 한국과 미국전이 시작되고 있었다. 나는 직원에게 "오늘 축구 관람과 비행기 한 대 분의 잡혀 있는 화물 중 뭐가 더 중요하냐." 하고 물었다. 직원은 "잡혀 있는 화물이야 좀 있다가 해결하면 되고 우선 급한 것은 미국을 이기는 것이니 그게 더 중요하죠." 했다. 어쩜 둘이 그렇게 똑같은지……

그날 미국전은 1:1 무승부로 끝났고 우리 회사의 잡혀 있던 화물은 영영 찾을 수가 없었다. 경찰에 압수된 화물은 통관 파트너들의 안이한 판단으로 경매로 넘어갔고 우리가 부담할 비용만 해도 7억원이나 되었다. 그동안의 수익과 앞으로의 수익을 모두 날려버린 것이다.

이렇게 크게 사고가 난 것은 10년 만에 처음이었고 정말 정신을 차릴 수 없을 정도의 위기상황이었다. 한 달이 지나면서 겨우 정신을 수습하고 다시 시작하면 되지 결심하던 날에 또다시 사고가 터졌다.

이번엔 금전사고였다. 20,000달러를 수금하던 기사가 현금을 분실했다고 하고 몇 주일 후에 또다시 기사들의 반복된 똑같은 금전사고로 너무나 많은 피해를 입고 직원도 잃었다.

그러나 그것으로 끝나지 않았다. 모스크바에서 손님을 접대하고 숙소로 향하던 직원들이 사고를 당했다. 술을 마셔서 대리운전을 시켰는데 트럭이 중앙선을 침범해 들어와 우리 회사 차량이 핸들을 돌리다가 전봇대를 들이 받은 것이다. 중형차인 한국산 그랜저가 폐차가 돼버릴 정도였으니 사고도 큰 사고였다. 운전석에 있던 대리 기사는 에어백이 퍼져 크게 상처가 없었는데, 조수석에 있던 지사장급은 에어백이 퍼지지 않아 상처가 심했고 뒷자석 사람도 마찬가지였다. 모두가 중상이었다.

긴급하게 병원으로 갔으나 응급환자 개념이 없는 러시아 병원은 환자가 들어오든 말든 상관없이 자기 일만 하고 있어서 우리 직원은 결국 집으로 왔다가 어느 정도 상처가 아물고 나서야 서울에 와서 치료를 받아야 했다. 정말 두 사람은 죽다 살아왔다.

사고의 반복으로 정신이 없었고 주재원들도 중심을 잡지 못하고 있는데 전세기에 실리지 않은 다른 화물도 분실되었다는 보고가 들어왔다. 사고 수습에 또 몇만 달러가 들었다.

정신없이 러시아와 한국을 왔다갔다하다가 12월 말에 겨우 서울에 도착해서 월요일에 본사로 출근을 했다. 그런데 이게 웬일인가! 내 서랍이 열려져 있고, 경영지원팀의 금고도 열려 있었다. 서울 본사 사무실에 도둑이 든 것이다. 14층짜리 최신 건물에 도둑이 들었는데 1층에 있는 은행은 아무 일 없고 우리 사무실만 털린 것이다. 우선 돈보다도 영업 자료가 도난되었는지가 더 걱정이었다. 확인이 안 돼 결국 전직원의 컴퓨터 암호를 변경했을 뿐이다.

해결 방법이 없었다. 회사는 점점 엉망이 되어가고 노력을 해도 전혀 생각지도 못한 일들이 터져나오니 내 운이 정말 여기까지인가 생각하기 시작했다. 모든 것이 수포로 돌아가는 듯한 기분에 사로잡혀 있었고 자신감도 많이 잃었다.

지금은 모든 것이 정상화되어 있고 회사는 바야흐로 제2의 도약기를 맞고 있다. 오늘의 회사가, 오늘의 내가 순탄하게 탄탄대로를 밟아 발전해 온 것은 아니라는 것이다. 좌절할 때마다 나를 부여잡고 포기하지 않았으며, 힘들고 고생스러운 일이 생기더라도 긍정적으로 바라보려고 노력하며 하나하나 극복해 왔다. 요즘 우리나라가 참 어렵다. 무엇보다 자살률이 높은 것이 가장 안타깝다. 자기 자신을 포기하지 않는 사람은 무엇이든 성취해 낼 수 있다. 나 자신을 믿자.

(2002년)

카자흐스탄 구형비행기

　전날 대학원동기들과 즐겁게 마신 술은 2차까지 갔었는데 기억도 못할 정도로 만취되어있었다. 그 숙취에 출장을 위하여 기내로 들어왔다. 비즈니스석 맨 뒷자리를 부탁해서 숙취로 인상 쓰면서 눈감고 있는데 "손님! 선생님!"하고 누가 날 조용히 부르는 것 같아 눈을 떠보니 아시아나 항공 승무원이 밝은 미소로 나에게 인사를 했다.

　출발 전 비즈니스 승객에게 인사를 하는 건가 보다 했는데 승무원은 날 보고 자기를 기억하냐고 했다! 순간 난 기내를 다시 한 번 둘러보고 이게 대한항공인가 생각했다. 대한항공이면 인하대학원 동문들도 있고 기존 거래를 많이 해서 가끔 아는 분 들이 있을 텐데 아시아나 항공은 거의 아는 사람이 없었다.

　"글쎄요!! 잘 모르겠습니다. 언제 뵈었나요?"

　그런데 그 승무원도 날 정확히는 모르는 것 같았다.. 승무원은 5년전쯤에 아시아나 항공에 승무원 칭찬 메일 보낸 적이 있냐고 했다. 기억을 더듬어 보았다.

5년전쯤에 타쉬켄트 출장을 두 달 연속 해서 갔을 때 그때 서빙하는 승무원이 날 보자 "이 와인 좋아하셨죠! 오늘도 이 와인 드시겠습니까?" 했던 말이 기억이 났다. 그날 기억을 더 듬어 보았다.

인천에서 우즈베키스탄 타쉬켄트는 7시30분 걸리기에 식사도 하고 우즈벡키스탄과 다음 출장지인 카자흐스탄, 러시아 미팅 관련한 자료와 업체에서 브리핑할 서류를 보다가 잠이 안 오기에 다시 한번 승무원에게 와인을 부탁했다.

"도착하시면 저녁 7시인데 다른 약속 있으신지요?" 미소 띤 승무원이 와인 가지고 오겠다는 답변 말고 다르게 물어본다.

"아, 예. 저녁에 바로 현지 법인장과 현지업체와 저녁 미팅이 있습니다!"

"그러시면 와인 말고 인삼차나 따뜻하게 우유한잔 드릴까요? 도착 후 바로 술 약속이 있으실 텐데 부담되지 않으세요?"

배려와 친절에 너무 감사했지만 평소 기내에서 잠을 못자기에 와인 한잔을 더 부탁을 했다. 서류를 보면서 와인을 마셨는데 잠이 든 것 같았다.

"비행기는 약 40분후에 우즈베키스탄 타쉬켄트 공항에 도착합니다!"

기장의 안내 방송이 나왔고 그러자 잠이 깼다. 1시간도 못 잤다. 나를 알아봤던 승무원이 다시 와서 인삼차를 건넸다.

"이거 드시고 출장 기간 동안 건강 챙기시기 바랍니다!"

피곤한 상태로 차 한잔 마시고 화장실을 또 급하게 갔다가 가방을 챙기고 여권 확인했다. 도착 후 기내문이 열리자 난 세관 신고할 때 줄서기가 싫어서 뛰기 시작했다. 그런데 갑자기 누군가가 내 이름을 부르면서 달려왔다. 그 승무원이었다. 숨을 헉헉거리면서 "사장님! 여기 서류노트입니다.. 이거 기내에 두고 가셨습니다!"라고 말하고는 다시 숨은 차지만 미소를 띠우면서 사라졌다.

그 날의 일들을 아마도 다다음 출장지인 러시아 모스크바 도착해서 해당항공사 site 감사메일을 보냈었다. 그리고는 잊어버렸다.

그러고 보니 5년전 여승무원이 오늘 나랑 같은 스케줄이었고 본인이 인천 타쉬켄트 구간 스케줄일 때 항상 승객명단에 내가 있는지 확인을 했다고 한다. 그러면서 그 일로 인하여 그 승무원은 무척 칭찬을 받았다고 한다. 또한 승무원들이 퇴사할 때까지 한번도 칭찬 메일을 받지 못하는 경우가 더 많다고 한다.

그저 작은 정성에 감사해서 출장 기간 동안 썼던 단순한 메일이 상대방에겐 좋은 일이 되었고 5년이 지난 후에 이렇게 반갑게 인사를 받다니 정말 즐거웠다. 남을 칭찬하는 일. 돈 하나 안 들어가고 좋은 일을 하는 것을 제대로 알게 되었다. 타쉬켄트에 늦은 저녁에 도착 후 현지에 있는 한국 법인장과 현지친구들과 보드카와 저녁하고 호텔로 갔다. 아침에 바로 타쉬켄트 직원들과 카자흐스탄 알마타를 가기 위해서 공항으로 출발을 했다.

"데니스! 오늘 비행기는 내가 처음 들어본 회사인데 어디 항공사냐?"

"예! 어제 티켓 구매 시 확인해봤는데 카자흐스탄 지역 항공사이고 기종도 보잉기로 좋다고 합니다!"

"보잉기? 러시아 기종 TU-154 나 134도 아니고 보잉기라고?"(2020년 현재 지금은 해당구간 대부분 보잉기 또는 에어버스로 교체되었다)

약간은 의아에 하고 공항에서 티켓을 받았는데 티켓이 이상했다. 티켓에는 김익준 3C, 데니스 2B, 현지 법인장 1A라고 써 있었다.

"이게 뭐야! 왜 이렇게 자리를 주지!"

남자직원이 하는 말이 아마도 신규 항공사여서 승객이 없어서 옆에 블럭을 쳐준 것 같다고 했다. 어제 아시아나 항공 탈 때도 기분이 좋았는데 오늘 비행기도 기분이 점점 좋아졌다.

하늘 끝으로 기분이 올라간 상태로 여권, 비자 검사하러 PASSPORT CONTROL에 줄을 서 있는데 세관원이 날 보자고 한다. 순간!! 아 또 시작이구만, 이 노무자슥들…….

세관원이 다른 방으로 데리고 가자 현지 남자 직원 데니스가 무슨 일이냐고 함께 세관원 사무실로 같이 들어왔다.

세관원이 내 가방에 돈이 얼마 있냐고 다 털어놓으라고 한다.

미국 달러와 카자흐스탄 돈을 보여주고 신고한 서류에 금액을 알려주자 가방 구석에 있는 한국 돈 6만원을 찾아내더니만 이 돈을 왜 신고 안 했냐고 징징 거리기 시작한다. 한두 번도 아니고 돈 달라는 뜻이다.

"이거 미국달러로 $50도 안되고 너 줄까! 아니면 찢어버릴까!"

짜증이 나지만 짜증을 안내고 웃으면서 말했다, 그래야 대화가 되기 때문이다. 괜히 여기 세관원 성질 건드려봐야 도움이 안 된다. 옆에 있던 현지직원도 가방 모조리 검사 받고 세관원 방을 나올 수가 있었다.

"아! 짜증이 슬슬 나기 시작했다!"

날씨가 고온 건조한 타쉬켄트 날씨 덕에 X레이 장치대 입구에선 발 냄새가 진동하기 시작했다. X레이 장치대에 손가방, 자켓, 신발을 모두 올려놓고 사람들이 줄을 서있으니 냄새가 진동했다. 알마타 출발에 대한 안내방송이 나오고 버스로 이동한다는 것을 알리자 모든 승객들이 버스에 오르자 활주로를 달리기 시작했는데 앞에 있는 비행기를 두고 계속 활주로 끝으로 갔다. 내 앞에는 비행기 날개를 발로 한번 차버리면 떨어질 것 같은 비행기가 기다리고 있었다.

"어! 이게 뭐야! 헤이 데니스 이게 뭐야! 보잉기는 어디가고!"

뒤에서도 우즈벡, 카자흐스탄 사람들도 웅성 거리기 시작했다. 모두 다 보잉기라고 했는데 이게 뭐냐! 속았다, 속았어! 라는 투정이었다. 기종을 보니 러시아산 AN-12기종으로 비행기 상태를 보니 나 보다 나이가 더 들어 보인다.

내 승용차 타이어 크기 밖에 안 돼 보이는 타이어를 보니 바깥쪽은 그나마 타이어 홈이 보이는데 안쪽 타이어는 저게 튜브인지 타이어인지 구분이 안 될 정도로 반질반질 했다.

직원들과 함께 한 출장이기에 화난 표정을 보일 수도 없었지만 무진장 불안해지기 시작했다. 얼마 전에 폴란드 대통령도 러시아 기종 비행기 타다가 추락했는데 내가 보험은 들었나! 생각이 점점 들기 시작하면서 기내에 들어갔다. 2010년 기준으로 17년 동안 러시아 비행기를 많이 타봤는데 내 기억으로론 2002년에 탔던 비행기 다음으로 최악인 것 같았다.

함께한 직원들 모르게 속으로 짜증을 내기 시작했다. 60석 정도의 비행기이고 서빙 승무원이라고 남자 하나가 제복도 아닌 그냥 집에서 입던 옷을 입고 내 티켓을 보여주자 '아무 곳이나 너 마음대로 앉으시게' 라는 표정이다. 승객이 없어서 티켓을 그렇게 블록을 쳐준 것이 아니고 아무렇게나 준 것이었고 기내는 만석이었다.

앞자리로 가려고 했는데 타쉬켄트에서 자주 뵈었던 한국 분이 맨 끝자리에서 날 붙잡았다. 앞자리 쪽으로 가면 프로펠러 소리에 시끄러워서 대화도 안되고 잠도 잘 수 없다고 한다. 기내에 좌석번호가 없는 비행기는 처음 타봤다. 프로펠러 비행기에 나보다 연식도 더 된 것 같고, 타이어인지 튜브인지도 모르는 비행기에 날 맡기고 두 번째 출장지 알마타로 출발을 했다.

60석 정도 밖에 안 되는 AN-12기종은 비즈니스 클라스도 없어서 비즈니스석을 타야 할 사람도 이코노미를 타고 있었다. 내 앞 좌석엔 우즈베키스탄에서 가장 오래되고 유명한 가수가 탑승했다. 아마도 한국으로 치면 조용필 오빠 정도되는 사람인가보다, 가만히 보니 어디서 본 것 같기는 하다.

어디서 구해왔는지 우즈벡 아줌마들이 얼굴이 빨개져서 그 가수의 CD를 들고 그에게 와서 "난 카자흐스탄에 살고 있는데 우즈벡 처음 왔고 당신을 실제로 처음 만났습니다! 반갑습니다!"라고 말했다. 쭈빗쭈빗 말을 하는데 늙은 가수 아저씨는 사인도 안 해주고 그냥 가라고 한다.

참나! 매너가 좀 그렇네! 팬들을 이렇게 무시하시니…….

표정이 아주 귀찮다는 반응으로 개인 휴대용 베개를 끼고 눈을 감고 계신다. 내 건너편을 보니 중국남자가 탑승했고 그 앞에는 우즈벡 가수의 보컬 정도 되는 양반이 앉았는데, 앞에서 계속 짜증을 내고 있다.

참다 참다 뒤 돌아서서 "당신의 쭉 뻗은 발이 내 뒤꿈치를 차고 있으니 차지 말아주세요!" 를 수화로 열심히 표현하자 중국사람은 고개만 끄덕 거렸다. 15분정도 지나서는 앞에 우즈벡인 승객이 다시 일어나서 이번에는 "당신의 무릎이 뒤에서 자꾸 쳐서 잠을 잘 수 없다고."라고 또 수화로 또 열심히 설명하였다. 중국 사람은 또 고개만 끄덕 끄덕거린다. 별 표정도 없다(역시 중국사람!).

그러고는 중국 양반 노트북으로 일하다가 갑자기 짜증이 났는지 아니면 가려운지 핸드폰을 꺼내시더니 자기머리를 빗처럼 사정없이 빗다가 머리를 쥐어 짜고 있다.

아!! 짜증나는구만. 머리 좀 감고 지내시지!! 이상하게도 중국 사람들 정말로 머리를 잘 안 감는다!

비듬이 마구 떨어지는 것 같았다. 난 눈을 감고 감사의 기도를 드렸다.

"다행이다! 저 양반 앞이나 옆자리가 아닌 것이! 범사에 감사하자!"

이 나이 드신 비행기는 일반 비행기가 한 시간 10분 걸리는 거리를 2시간 걸려서 갔다.

이 비행기! 정말 잠 잘 수 없는 비행기다.　　　　(2015년)

회고와 새로운 도전

저녁주의보, 휴일경계령

러시아에서 일을 시작한 이후로 친구들의 결혼식 중 딱 한 번밖에 참석하지 못할 정도로 서울에 머문 시간이 별로 없다. 친구들은 '참 신기하게도 무슨 일만 있으면 너는 다른 나라에 있다'며 아주 약삭빠른 녀석이라고 농담도 하곤 했다. 아마 서울에 있었으면 휴일에도 여기저기 찾아다니느라 여유가 없었겠지만 해외에 있다보니 휴일만 되면 온통 시간이 남아돌았다. 해외에 있으면 휴일에 뭘 해야 할지, 퇴근 후에 무엇을 해야 할지가 더 고민일 수도 있는 것이다.

93년 처음 일할 당시부터 휴일과 퇴근 후의 저녁은 나에게는 너무나 외로운 시간들이었다. 당시나 지금이나 해외에서 사고가 나면 대부분 둘 중 하나였다. 카지노에 의한 공금 횡령이거나 러시아 여자와의 관계로 어쩔 수 없이 결혼이나 동거를 하게 되는 문제이다. 이 모두가 시간적 여유가 많아서 발생된 사고라고 생각되어서 나는 직원들에게 여가시간을 보낼 취미와 특기를 하나씩 만들 것을 강조하지만 크게 호응해주는 것 같지는 않다.

95년도에 한국산 의류를 현지에서 판매를 잘 하기로 소문
이 난 업체의 사장이 있었다. 그 당시 나이로 30대 중반의 이
친구는 현지에서 고급 사무실을 임대해서 사용했고 웬만한 한
국산 의류를 의뢰하면 쉽게 쉽게 판매를 해주는 능력있는 사
람이었는데, 그만 카지노에 빠지면서 인생을 망치게 되었다.
결재가 점점 늦어지고 제때 돈을 못 주고 그러더니 결국 나중
엔 완전히 부도가 나고 말았다. 결혼은 했지만 모스크바에 혼
자 근무했던 그는 어느 순간 카지노에 출입을 하게 된 것이다.
모스크바처럼 카지노 천국인 나라에서 혼자 무료한 시간을 보
내려다 보니 자연히 카지노에 가게 되었고 처음에는 심심풀이
로 갔던 카지노에서 많은 돈을 잃게 되었다. 자금에 쫓긴 사장
은 그에게 맡긴 제품을 임의로 덤핑 처리하고 현금을 회수하
는 식으로 다시 돈을 만들어 나갔다. 쉽게 판매되지 않는 재고
를 안고 골머리를 앓던 현지 상인들은 제품이 어떻게 되었는
지도 모르고 돈이 회수된다고만 생각해서 그 젊은 사장이 마
치 구세주와 같이 여겨졌을 것이고 더 많은 제품을 그에게 맡
기게 되었다. 젊은 사장은 일부의 원금만 정산하고 나머지는
카지노에서 써버렸다.
그렇게 카지노에 발을 들여놓으면 더 이상 헤쳐 나올 방법
이 없는 것이다. 카지노와 덤핑으로 무너지는 원금을 회수하
지 못한 그는 여러 사람에게 피해를 입히고 부도 처리 되었다.
개인회사가 카지노 때문에 부도가 나는 것은 비일비재한

일이고 주재원도 거액의 공금을 만지다 보면 카지노라는 늪에 빠지기 쉽다. 한번 카지노에서 돈을 잃으면 누구나 원금을 회수하고 싶은 생각이 든다. 그럴 때 자기 주위에 자금이 있으면 반드시 다시 가게 마련인 것 같다. 원금을 찾기 위해 추가로 공금을 사용하다가 공금 횡령은 눈덩이처럼 불어난다.

유학생도 마찬가지이다. 나는 모스크바 생활 초기 2년 동안 유학생 기숙사에서 생활한 적이 있다. 그러다보니 학생들의 생활도 잘 알게 되었는데 그들 중에 카지노에서 유학생활을 마친 학생들을 여럿 보았다. 학생도 약간의 지루한 생활을 벗어나려고 카지노에 발을 들여놓게 된다. 그러다 생활비를 잃게 되면 그 달 살기가 막막해진다. 원금이 아까우니 만회를 위해서 다음달 생활비를 끌어서 쓰고 등록금까지 카지노에 넣고 그러다가 친구들에게 빌린 돈을 갚기 위해 국내로 돌아가는 유학생을 본 적이 있다.

그 친구는 왕복 티켓을 구입하기 위해서 이곳저곳에서 돈을 융통하는 고생을 하고서는 결국엔 그 티켓을 편도를 바꾸고 남은 돈을 카지노에 탕진하고 편도 티켓만 가지고 비행기에 올랐다.

나는 카지노야말로 해외 생활에서 가장 위험한 존재라고 생각하기 때문에 주재원들에게 아예 처음부터 발을 디디지 말라고 신신당부를 하고 있다.

또 하나가 여자 문제이다. 나도 그곳에서 총각시절을 보냈지만, 이곳에는 스스로 절제하는 생활이 안 되면 본인 신변에 문제가 발생될 수 있다. 정말 사랑을 해서 결혼까지 하게 되면 좋은 일이지만, 대부분의 경우는 러시아를 너무 쉽게 생각하는 데서 문제가 발생하는 것이다.

러시아는 정치체제가 사회주의에서 자본주의로 변하는 과정만 뒤질 뿐이지 한국은 물론 유럽과 미국에 비해서 전혀 뒤떨어지는 나라가 아니다. 교육, 예체능, 기초과학, 사회복지 분야등 우리가 배워야 할 분야가 많은데 구 공산권 국가였다는 이유만으로 우린 너무 쉽게 생각하는 경향이 있다.

아직도 러시아에 출장 갈 때 스타킹을 사가지고 가는 분들이 있다. 여성들에게 스타킹이나 말보르 담배 하나만 주면 다 통한다는 90년대초반 정도의 생각으로 오는 것인데 정말 뭘 모르고 그러는 것이다. 이런 생각을 가진 사람들이 러시아 여자들을 바라보는 시각이란 쉬울 수밖에 없다. 그러다보니 별 생각 없이 쉽게 관계를 가지려고 하다가 나중에 봉변을 당하는 경우가 종종 있어 특히 총각 주재원들에게 자주 주의를 주곤 한다.

해외 주재원으로 있으면 많은 것을 배울 수 있는 기회가 있다. 워낙 예체능이 발달한 나라여서 마음만 먹으면 가정교사를 초빙하여 피아노, 바이올린, 발레, 아이스하키, 승마 등을 저렴한 가격에 배울 수 있고, 특히 골프도 한국과는 달리 퇴근 후 백야를 이용해 늦게까지 개인 강습을 받으면서 연습할 수 있고 필드에 나가서 혼자 칠 수도 있다.

한국에서 많이 접하지 못한 발레, 오페라, 써커스 등 수준 높은 공연들이 많기 때문에 본인들이 시간만 잘 활용한다면 주재원 생활을 하는 동안 저렴한 비용으로 높은 수준의 문화 생활을 할 수가 있다.

이런 이유로 나는 주재원들에게 가능한 한 골프를 배우게 하고 있다. 서울에서야 젊은 직원들에게 사치스러운 운동일 수 있지만, 나도 그랬듯 술자리에 쏟아붓는 용돈만 줄여도 현지에서는 충분히 골프를 칠 수가 있으니 기회가 주어질 때 배워두는 것이 나쁘진 않다고 생각된다 모스크바에 있으면서 나 또한 골프를 어느 정도 배워놔서 한국에 돌아와 사업을 하면서 요긴히 잘 써먹고 있다.

그 당시 서울에 있을 때도 여유시간이 있으면 가장 즐겁게 하는 것이 두 딸을 데리고 연극과 같은 공연물을 관람하는 일이였다. 직접 배우와 연주자를 볼 수 있어 좋고 아이들에게 그런 예술에 흥미를 느껴 배우고 싶다는 욕망을 가질 수 있도록 배려를 해주는 것이다. 꼭 딸들만을 위한 것은 아니다. 그 동안 러시아와 중앙아시아에서 여유가 있는 시간마다 공연물을 보고 이곳저곳을 찾아다니면서 자연스럽게 생긴 예술적 흥미가 이젠 나에게도 즐거운 취미가 되어버렸다.

학창시절 이런 분위기를 접하지 못해서 처음에는 공연장에 찾아가 오페라나 발레를 보는 것이 지루했지만 자주 접하다 보니 나름대로 즐거움도 찾아지는 것 같다. 두 딸들에게도 스스로 공연장을 찾게끔, 살면서 여유를 즐길 줄 알도록 해주고 싶다.

이제는 해외에 있는 주재원들도 내 권유에 호응을 해주는 것 같다. 요사이는 출장을 갈 때 주재원들이 미리 발레 티켓 등을 예약하고 같이 가자고 할 때, 벼룩시장을 같이 가보자고 할 때가 가장 즐겁고 행복하다.   (2000년)

건강한 육체가 건강한 회사를

우즈베키스탄의 타쉬켄트에 2년 가까이 살면서 서울에는 한 달에 한 번 꼴로 와서 일주일 정도만 머물렀다.

당시 타쉬켄트는 이중환율제도를 쓰고 있어서 공식환율과 시장환율이 있었다. 공식환율이 1달러에 250sum이면 시장환율은 1달러에 1,000sum으로 네 배나 차이가 났다. 그러다보니 현지에서 공식적으로 사업하기는 어려워도 달러를 가지고 생활하기에는 무척이나 편했다.

특히 호텔 같이 달러로 계산해서 현지 화폐 sum으로 계산하는 곳은 가격이 1/4밖에 안 되니 달러만 있으면 일반 식당이나 호텔 식당이나 가격에서는 별 차이가 없었다.

그래서 현지에 도착하자마자 항공사 지점장님의 소개로 인터콘티넨탈 호텔 내 헬스클럽에 등록을 했다. 서울에서라면 상상을 초월하는 가격이지만 이중환율제로 월 100달러면 수영장, 헬스클럽, 사우나 모두 사용이 가능하여 시간이 날 때마다 그곳을 찾았다.

호텔 이용료도 저렴했고 다른 것도 거의 비용에 부담을 느끼지 않았지만 무엇보다 가장 좋은 것은 비행기 티켓도 역시 1/4 가격으로 구입이 가능한 것이었다. 그래서 당시 모스크바 지사와 서울 본사를 한 달에 한 번씩 왕복을 했고 그밖에 카자흐스탄, 키르기스스탄, 투르크메니스탄 등 사업에 관련된 도시는 모두 비행기로 돌아다니며 회의를 주재했다. 그때만 해도 인터넷이 제대로 도입이 되지 않은 상태여서 지금처럼 직원들과 채팅으로 회의하기도 어려웠고 다른 도시 직원들과의 의사전달이 너무 어려웠었다.

　　99년 연말에 계산해 보니 한 해에 국제선 비행기를 90번 넘게 탔다. 국내선을 포함하면 3일에 한 번 비행기를 탄 것이다.

　　불규칙한 생활이 2년째 접어들면서 몸이 점점 이상해졌다. 자주 감기가 걸리고 몸이 무겁고 어지러웠다. 그 당시 잦은 출장으로 한 달에 7일은 서울, 7일은 모스크바, 나머지 15일은 타쉬켄트나 알마타 등에서 살았다. 서울의 여름 온도가 30도라고 하면, 모스크바는 15도-25도, 타쉬켄트는 40도-45도까지 올라갔고 습도와 기압도 차이가 많았다. 이런 도시들을 며칠 간격으로 징검다리 건너듯 자주 오가며 생활하다보니 자연히 몸이 안 좋아지게 된 것이다.

　　10월 어느 날 서울에서 타쉬켄트로 가는 비행기에 탔는데, 등이 점점 뜨거워졌다. 감기 기운이 있는 것 같았다. 8시간 반을 날아 저녁 10시에 도착하자마자 공항에서 바로 손님들이 있는 술집으로 향해서 2차까지 마시고 겨우 집에 와서 잠시 잠을 청한 후, 새벽에 손님들이 기다리는 골프장으로 다시 나갔다.

그날 날씨는 10월이었는데도 불구하고 40도가 넘었다. 햇빛에 다섯 시간을 걷다 보니 머리가 어지러웠고 어렵게 어렵게 골프는 마치고 집에 돌아오자마자 결국 쓰러지고 말았다.

하루 정도 누워 있으면 나아지려니 했으나 이틀 후부터는 도통 무얼 먹어도 계속 토하기만 하고 점점 더 어지러워지기만 했다. 어렵게 몸을 끌고 일어나도 다리에 힘이 풀려 몸을 지탱할 수 없을 정도가 되었다. 결국 현지 직원이 의사들을 불러왔다. 사실 의사는 아니고 전에 한 번 본적이 있는 마사지하는 분이었는데 와서 마사지를 하면서 내 상태를 봐가며 엉덩이에 연신 주사를 놓는 것이었다. 무슨 주사인지도 모르겠고, 마사지하다가 웬 주사인가 싶어 여간 찜찜한 게 아니었다. 포도당 주사도 아니고 무슨 진통제 같기도 했으나 그 상황에서는 내 몸을 맡기고 있는 수밖에 없었다.

4일을 그렇게 토하고 주사맞고 하며 보냈으나 그래도 꼼짝을 못 했다. 기운을 차리려고 일어나서 밖을 내다보면 어지러워지고 다시 또 토하고 했다.

아픈 내내 밤마다 꿈을 꾸었다. 어린 시절부터 내가 지내온 과정이 순차적으로 계속 꿈에 나타나는데 점점 무서운 생각이 들었다. '이 나이에 생을 마감하려고 그러나. 뭘 정리하라고 이런 꿈을 꾸는 것인가.'

마사지하던 아줌마는 자기가 하는 방법으로는 더 이상 차도가 없자 자기의 교수님을 한 번 찾아가자고 했다. 그분은 병원에서 정년퇴직 후 집에 계셨는데 찾아가보니 70살은 되어 보이는 할아버지였다. 나를 이리저리 보고 배를 만져보더니만 자기 소견으론 맹장염인 것 같다고, 소견서를 써줄 테니 자기 후배들이 있는 병원에 가서 수술을 하라고 한다.

맹장이라니! 나도 그 정도의 증상은 알고 있는데, 정말 해도 너무한다는 생각밖에는 안 들었다. 그분에게 소정의 치료비를 지불하고 빨리 집으로 와버렸다. 그리고 그곳을 소개해준 분에게는 아무래도 바로 서울로 가야겠다고 하고 집으로 돌려보냈다. 소견서는 당연히 없애버렸다.

아마도 그 소견서를 들고 할아버지 후배가 있는 병원에 갔다면 지금쯤 실험 대상의 몸이 되어 의학도들에게 이러저리 찔림을 당하고 있었을지도 모르겠다.

3일간을 더 앓고 나서야 겨우 거동할 수 있게 되어 하얗게 된 얼굴로 서울행 비행기를 타고 서울을 떠나온 지 10일 만에 다시 돌아갔다. 서울에 도착하자마자 친구가 있는 병원에 가서 치료를 부탁했는데, 병원에서도 병명을 잘 모르겠다고 했다. 몸살이 오래 걸린 것인지……. 그저 몸에 면역력이 줄었다는 말만 들었다.

규칙적인 생활을 하고 특히 해외 출장을 자제하라고 하는데 내 업무상 그럴 수 없는 노릇이다. 서울에서 20일 정도 업무를 보고 쉬면서 체력을 보충한 후 다시 타쉬켄트로 돌아가는 강행군을 했다.

그 후로 모스크바에 도착하자마자 규칙적인 생활을 위해서 아침에 수영을 시작했다. 새벽 7시에 도착하면 허름한 호텔 내 실내 수영장엔 나와 주재원, 그리고 기사 한 명과 코치 한 사람만 있었다. 그 넓은 수영장에 네 명밖에 없거나 가끔 두세 명 정도가 더 있는 게 고작이었다. 그렇게 3개월이 되니 수영도 다 배웠고 몸도 좋아져서 다시 예전처럼 보드카를 새벽까지 마셔도 버틸 수 있는 체력이 생겼다.

수영은 모스크바에 있을 때마다 틈만 나면 했다. 호텔 내에 있는 수영장은 저녁과 주말에는 개인이 전체를 임대하여 그곳에서 가족이나 연인들이 모여 파티를 열고 밤새 지내곤 하는데, 새벽에 수영을 하다 보면 전날 임대를 했던 연인들이 술이 덜 깬 건지, 부끄러움이 없어서인지 전라로 수영하는 광경을 종종 목격하게 됐다. 그럴 때는 나와 직원 모두 눈이 그쪽으로 쏠리다 보니 정신 못 차리고 수영하다가 발이 엉켜서 물을 마시곤 했다.

난 아직도 항상 체력유지를 중요시한다. 몸이 게을러져서 가끔 운동을 소홀히 할 때가 있지만 체력이 떨어진다 싶으면 반드시 운동을 다시 시작한다. 지금도 새벽에 일어나 아침 한 시간은 꼭 운동을 하려고 노력하는 편이다. 건강한 육체가 건강한 정신을, 건강한 회사를 만들 수 있다고 믿는다.

(2000년)

중국 첫 출장

러시아 모스크바를 1993년에 가서 1998년까지 그리고 2001년까지 우즈베키스탄에서 회사를 오픈하고 생활을 했었으니 생각해보니 2004년에 오픈한 중국 법인은 나에게는 늦게 시작한 것이다.

그러나 러시아권을 벗어난 첫 번째 다른 국가였다.

사실 그전에 2000년에 영국, 터키, 베트남을 오픈을 해봤지만 영국과 터키는 우리보다 잘하는 다국적 물류회사가 있었고 베트남은 너무 빨리 오픈한것이어서 3개 국가는 1년 만에 철수를 해버렸다. 그러니 중국이 러시아권을 제외한 두 번째 국가는 아니었다.

첫 출장이지만 중국 출장 일정이 만만치 않았다. 신규로 계약한 대기업 화물을 지역별로 파트너 선정하는 작업이어서 여러 도시를 출장 전 계획을 했다.

북쪽부터 시작해서 남쪽 끝 홍콩으로 결정했다. 천진 - 북경 - 상해 - 혜주 - 심천 - 홍콩. 중국은 하나의 국가였지만 대부분 비행기로 이동을 해야 하기에 만만치 않았다.

중국발 러시아행 화물 관련이니 러시아 법인 주재원과 인천 공항에서 만나서 천진행 비행기를 탔다. 중국 천진 공항은 러시아 모스크바 공항보다 세관 수속도 빠르고 개인 화물도 무척이나 빨리 나왔다.

"우와! 김 과장! 내 가방 벌써 나왔다!"

"사장님! 제 것도 벌써 나왔습니다! 가시죠!"

내 출장용 가방들은 대부분 여행객들이 그러하겠지만 나만 알아볼 수 있는 표시를 해둔다. 그래서 멀리서도 내 가방인 것을 금방 알아본다.

그날 주재원 가방은 너무나 평범하고 표시도 안 해둔 일반 여행용 가방이었다. 조금 께름직했지만 둘 다 가방을 찾고 택시로 이동해서 호텔에 도착했다.

"미팅은 앞으로 3시간 후 저녁에 있으니 2시간 후 1층에서 보자!"

그런데 룸에 도착 후 10분 후에 주재원이 문을 두드린다.

"사장님! 제 가방이 바뀌었는데요!"

"아이고! 러시아에서 왔다고 티를 내는 거냐! 어찌 남의 가방을 들고 오냐!"

역시나 공항에서 나올 때 뭔가 부족하고 아쉬운 느낌이 들었다. 그나저나 그 가방 주인이 러시아 주재원에게 뭔가 해코지를 하지 않을까 걱정도 되었다.

다행히 공항과 호텔이 멀지 않아서 2시간 후에 다시 호텔로 주재원이 돌아왔다.

"어찌 되었니? 가방 주인은 만났고? 그리고 중국 사람? 혹시 경찰서 끌려간 거 아니었니? 아님 돈이라도 줬니?"

"사장님 공항에서 사정을 설명했더니 한국과 다르게 다시 1층 가방 나왔던 트랙으로 들어가게 해줬습니다! 가서 보니 아무도 없고 어떤 중국인 아저씨가 두고 온 제 가방 앞에서 쭈그리고 앉아 있었습니다!"

"어 그래! 그 아저씨가 때리지 않던?"

주재원 얼굴을 보니 다행히 멀쩡해 보였다.

"사장님! 좀 걱정도 되고 중국어도 못하기에 쭈뼛쭈뼛 가방을 보여줬더니 갑자기 저를 안아주고 감사하다고 중국 말로 연신하더니 바꿔갔습니다!"

"그나마 다행이다! 앞으로 너 가방에 끈이나 스티커로 표시 좀 해둬라!"

그러나 그 주재원은 지금도 가방에 표시도 없이 출장 다니고 있다.

나와 주재원 둘 다 해외 근무는 오래 하고 있지만 중국은 처음이었다. 천진에서 파트너와 협의 후 저녁만 간단히 하고 2차 한 잔 더 하자는 것을 정중히 거절하고 우린 둘이서 천진 시내를 돌아다녔다. 중국 가라오케에 가서 한국 노래, 그리고 러시아 노래가 나오는지도 확인하면서 중국 술 백주를 마셨고 다시 나와서 야시장에서 국수로 3차 마시고 호텔로 갔다.

그렇게 중국 출장 첫날밤이 지났다.

다음날 북경을 가기 위해서 천진 파트너가 천진과 북경 간 고속도로 입구에서 우릴 내려줬다.

여기서 북경 가는 택시를 타면 2시간 반이면 간다고 했다.

파트너와 헤어지고는 내가 주재원에게 "김 과장! 우리 출장비 중에서 호텔비, 택시비는 아낄 수 있는 것은 아끼고 저녁에 계속 우리끼리 술 마시자! 어때?"

그러자 바로 러시아 주재원은 택시 말고 일명 나라시라는 일반 승용차를 찾아 나섰다.

"사장님! 이 승용차 조금은 허름한데 택시보다 반 값으로 북경 갈 수 있다고 합니다!"

"그래 좋다! 2시간 반이니 좀 참고 가고 그 돈으로 또 저녁에 한잔하자!"

우린 서로 반값에 북경 간다고 좋다고 웃으면서 차를 탔다. 차가 출발했다. 천진 고속도로 입구를 출발해서 북경 고속도로 그러니까 10분 정도 가서 차가 멈추었다. 그리고 고속도로로 가는 것도 아니고 이상한 국도로 갔다. 갑자기 중국인 기사가 내려서 트렁크에 있는 우리 가방을 내리고 빨리 내리라고 한다.

"어! 김 과장 이게 뭐냐? 여긴 어디지?"

둘 다 불안한 눈빛으로 '어디 팔려가는 거 아니지?'하고 물었다.

우리의 불안한 눈빛에는 관심도 없는 나라시 기사 앞에 다른 차가 대기하고 있었다. 그리고는 그에게 우리가 전달한 돈의 50%를 주고 그냥 가버렸다. 이것이 무슨 상황인가! 정리를 해보니 이랬다.

천진 고속도로 입구에서 톨게이트 비용을 아끼려고 국도로 선택했고 북경 국도가 시작되는 곳에서 북경 소속의 차량에게 다시 하청을 주고 자기 수익만 챙기고 우릴 통째로 팔아넘긴 것이다.

우린 편안한 마음으로 서로 얘기했다.

"음! 역시나 러시아나 우즈베키스탄에서 이런 일 한두 번도 아니고 싸니까 그냥 가자!"

졸면서 눈을 뜨고 시계를 보니 출발한지 이미 3시간이 지났다. 2시간 반이면 도착한다는 북경이 그런데 아직도 북경 시내가 보이지 않았다. 그리고 점점 이상한 좁은 길로만 간다.

"김 과장! 이건 좀 이상하다! 정말로 우릴 새우잡이 배나 아니면 우리 장기를 팔려고 이상한 곳으로 가는 거 아니냐!"

점점 허름한 공장단지를 지나고 해서 우리가 계속 영어, 러시아어, 한국어 섞어서 뭐라 했지만 중국인 기사는 꿈적도 하지 않았다. 불안한 마음으로 둘 다 짜증 내고 욕하는데 5시간 지날 때쯤 우리가 요구했던 파트너 사무실 앞에 도착했다. 화를 냈던 것은 순간 잊어버리고 그냥 편안하게 고맙다고 한 번 안아주고 급하게 파트너 사무실로 올라갔다. 이미 미팅시간은 2시간이나 늦었다.

회의실에서 영어가 가능한 중국 파트너가 2시간 늦게 온 우리에게 무슨 일이 있었는지 물어봐서 상황 설명을 했더니 그 중국인 파트너는 대수롭지 않은 듯 설명을 해줬다.

"중국은 도시 간 고속도로 톨게이트 비용이 비싸서 처음 이동할 때 고속도로로 갈 것을 요구하고 비용을 합의하지 않으면 승객이 늦는 것은 상관 안 하고 국도로만 갑니다!

다음에는 꼭 파트너가 지정해 준 차량을 타세요!"

출장 기간에 술값 만들려다가 우리 몸 장기 팔릴까봐 무척이나 걱정한 하루였다. 그렇게 북경에서 출장 일정을 마시고 상해로 가서 미팅하고 해주를 거쳐서 심천에 도착했다. 출장지마다 저녁에 둘이서 여기저기 돌아다니면서 술을 마셨더니 출장비가 거의 소진되었다. 심천에 도착하니 러시아 주재원이 또 하나를 제안했다.

"사장님! 여기 민박집도 있다는데요! 거기로 가고 출장비로 오늘도 여기서 한잔 어떠세요!"

역시나 나와 해외 주재원들은 형제처럼 잘 통했다.

심천 중국 파트너와 미팅을 하고 저녁을 초대했다. 그런데 중국 여직원 2명만 참석한다고 해서 그저 간단하게 중국음식 훠궈를 먹고 영어로 대충 이야기하면서 마무리했다.

남은 출장비로 다시 심천 시내를 돌아다녔다. 2차, 3차 야시장도 돌면서 한잔하고 허름한 민박집에서 방 하나에 둘이서 쪼그리고 잤다.

아침에 일어났더니 집주인이 방문을 두드린다. 아침 먹으라고 한다. 식탁에 가보니 소박하지만 정갈한 아침상이 차려져 있었다.

"사장님 우리 좋은 민박집에 왔어요! 흰쌀밥에 계란 프라이도 있는데요! 히히히 개이득입니다!"

(2004년)

워 야오 빠이주!

중국 출장 가면 술 얘기는 무조건 들어가는 것 같다.

2013년 2월 추운 날씨에 중국 서안으로 출장을 갔다. 이번에는 회사 업무로 출장이 아니고 학교에서 겸임교수 및 박사과정 논문 발표를 위한 출장이었다. 물류학과 교수들과 서안의 교통대 학장을 만나서 대학교 간 교류 및 논문 발표였다. 2박 3일 일정이었고 도착 당일 바로 양국 간 물류학과의 논문 발표부터 시작을 했다.

그날 내 논문 주제는 일대일로 영향에 따른 한국과 중국 그리고 러시아 중앙아시아의 물류 경로 변화의 요인 분석이었다. 함께 논의하는 중국과 한국 팀들에겐 조금 어려웠을 것이다. 왜냐면 그들은 러시아와 중앙아시아는 잘 모르기 때문이다.

내 논문 발표는 순조롭게 끝났고 반응도 좋았다. 한국에서 온 물류대학교수들이 한국과 중국 교류를 포함해서 러시아 및 중앙아시아의 물류까지 제시했으니 중국 측 입장에선 이번 2차 논문 교류에 무척이나 만족한 것 같았다.

서안 교통대 학장이 손뼉을 쳤다.

"좋은 논문 감사드립니다! 멀리서 오셨으니 저희가 저녁 만찬을 준비했습니다! 모두 그곳으로 이동하시죠!"

함께한 교수 3명과 박사과정 그리고 행정실 요원과 함께 저녁 만찬 장소로 이동했다. 중국 만찬 장소의 타원형 식탁에는 직급별로 좌석이 정해져 있다. 그 상황을 모르고 아무 곳이나 앉게되면 상대방에게 실례를 범하는 것이다.

만찬 장소 출입구를 기준으로 대각선 좌석이 제일 상석으로 중국 측 학장이 앉고 바로 옆이 한국 측 제일 책임자와 중국 측 두 번째 책임자 그리고 나머지 사람들이 상대방을 앞에 두고 앉게 되어있다.

그런데 교수들 중 아무도 한국 측 상석인 중국측 학장 옆에 가려 하지 않았다. 어쩔 수 없이 자연스럽게 내가 한국 측 상석 즉 중국 측 학장 옆자리에 앉게 되었다.

'왜그랬을까!' 하고 고민하는데 내 옆에 앉은 교수께서 나지막하게 "우리가 전에 1차 교류할 때 여기 서안 학장님이 술을 너무 잘 마시더라고요! 옆에 있는 사람들에겐 기본적으로 술 석 잔을 무조건 원샷 그리고 술잔 비어있으면 무조건 따라주고 그리고 자기가 술 마실 땐 또 같이 마셔야 한다는 고집이세서 1차 교류 때 교수들 모두 기절했습니다. 그래서 옆에 아무도 안 가려고 합니다!"라고 말했다.

'아, 그렇지. 이번이 2차 교류였지! 1차 때 어떠했는지 물어봤어야 했는데…….' 난 책임자가 아니기에 신경을 안 썼더니 실수를 한 것 같았다. 그렇지만 일단 옆자리에 앉았으니 이제 비즈니스 감각으로 가자. 빨리 술 마시고 기절시키든지 내가 기절하든지.

드디어 만찬이 시작되었다. 먼저 상석에 있는 서안 학장이 시인 같은 문장 솜씨로 건배 제의를 했다. 그러고는 모두 원샷!

적어도 10분 정도 지나서는 한국 측 책임자가 만찬 제의를 해줘야 예의다. 그런데 모두 나보고 하라는 눈빛들이다. 그래, 가자 가자! 건배 제의를 준비하려고 일어섰는데 서안 학장이 일어나서 모두에게 들으라고 말을 했다.

"아시다시피 제가 술을 좋아합니다. 그러니 오늘은 상대방에게 딱 3잔만 건배 제의하면서 원샷으로 하고 다음 잔부터는 원하는 만큼만 마시세요. 그러니 원하는 잔을 주세요!"

안도의 한숨이 쉬어졌다. 중국 오기 전에 몇 가지 중국어를 배웠다. 이런 만찬을 대비해서 그러면서 이미 백주(고량주)로 서안 학장이 건배 제의를 했으니 나는 중국 맥주도 좋아합니다. 그리고 맥주잔을 보여주고 세잔 연속 따라 달라고 했다. 그러면서 "워 야오 빠이주!"라고 말하였다.

중국 측 모두, 특히 서안 학장 눈이 동글해졌다.

"빠이주?"

내가 너무 긴장을 한 건지 실수를 해버렸다.

'워 야오 피주.(저는 맥주를 좋아합니다.)'를 '워 야오 빠이주(저는 백주, 즉 고량주를 좋아합니다)'

잠시 후 실수를 인정하고 다시 말하려는 순간 이미 서안학장 앞에 있던 50도 넘는 백주는 내 맥주잔에 가득 차 있었다. 서안 학장의 그 흐뭇한 미소는 아직도 눈에 선하다. 일은 벌어졌다. 한국 측을 대표해서 이 한 몸 희생하자.

연거푸 맥주잔에 50도 넘는 백주를 세 잔 마셨다. 모두에게 박수 소리가 나왔고 난 좋다고 머리위로 술잔을 보여주고 세 잔을 연속 다 마신 것을 보여주면서 웃었다.

뭐 괜찮았다 안주가 좋아서 그런지 그럭저럭 버텼다. 서안 학장이 계속 맥주잔에 백주 마실거냐고 물어봐서 그 대신 백주잔 만큼 조금씩 주면 마시겠다고 했다.

순서대로 다음 책임자들 건배 제의가 돌기 시작하면서 1시간쯤 지난 것 같았다. 지금부터는 건배 제의를 모두 서서 잔을 부닥치자고 서안 학장이 제의했다.

"한국에서 와 주셔서 감사드리고 제가 원하는 만큼 중국 술도 마셔 주셔서 감사드립니다. 건배합시다!"

"건배!"

쨍그랑.

백주가 들어간 내 맥주잔이 깨져버린 것이다. 황급히 종업원들이 깨진 술잔을 치우고 다시 맥주잔을 줬다. 그리고는 이제는 나보고 다시 건배 제의를 요구했다.

일어나서 그들이 좋아할 내용으로 "중국 일대일로 사업이 여기서 끝나면 안됩니다. 다음 3차 교류는 서쪽에 있는 카자흐스탄에서 합시다. 건배!"라고 말한 뒤 다시 잔을 부딪쳤다.

또 내 술잔이 깨졌다. 그 다음 세 번째 건배 때도 내 술잔은 또 깨졌다.

50도 중국 백주를 맥주잔으로 세 잔 마시고 1시간쯤 지나자 내 손목의 힘조절이 안 되는 것이다. 너무 세게 부딪친 것이다. 그러자 서한 학장은 웃으면서 이제 만찬 끝날 때가 된 것 같다고 자리를 떴다.

아침에 눈을 떴다. 사고 난 다음 날 그랬듯이 어제 입은 옷 그대로 자고 있었다. 오후에 서안 학장 면담이 있어서 일행과 같이 갔더니 나를 보고 웃는다.

"워 야오 빠이주?"

차 한잔하고 학교에서 나와서 자유시간이어서 서안의 명소 진시황제의 무덤에 있는 병마 용갱을 보러갔다. 참나 체력도 좋다. 어제 마신 술은 그대로 다 깬 것 같다.

크긴 크다. 이렇게 많은 병마 용갱을 어떻게 2천년 전에 만들었을까! 그리고 각각 모두 인상도 다르고 대단하네!

그런데 이게 전부가 아니란다. 아직 다 개발한 것도 아니란다. 다음 세대에게 물려주려고 다 개발도 하지 않았다고 한다. 병마 용갱을 보면서 다른 사람들은 어떨지 몰라도 사뭇 중국, 중국인들을 너무 쉽게 보면 안되고 또한 존경스러웠다.

또 하나가 생각난다. 1990년 회사원일 때 공부를 더 하라고 조언을 해주었던 동료가 그날 술 한잔하면서 나와 같이 영화를 봤는데 그날 영화는 중국 장예모 감독 및 주연 그리고 공리가 나왔던 징용이라는 병마 용갱에 관한 영화였다. 그 영화를 보고 23년만에 정말 여기 서안에 왔다.

(2013년)

마오타이 4병

천진 공항에 도착했다. 삼국지에 나오는 장비와 같은 스타일의 상해 법인장이 마중 나와서 기다리고 있었다.

"사장님 여기 춥죠!"

"그렇게 업체 미수금 받으러 가야하는데 춥기까지 하고, 오늘 일 봐서는 열 받아서 아무래도 저녁에 고량주 좀 마셔야겠다."

상해도 마찬가지이지만 천진은 공업도시여서 그런지 더 공기가 좋지 않은 것 같다. 도착하자마자 기침이 나오기 시작하고 코가 막히기 시작한다.

오래된 폭스바겐 택시를 타고 화주업체 태양광회사로 향하던 차안에서 내가 물었다.

"미수금이 얼마지?"

"50만 달러입니다."

"다른 것도 아니고 물류비를 안 주면 우리 수익률이 5%인데, 50만달러 못받으면 천만 달러 매출을 앞으로 만들어야 손익을 보존하는거네? 난리네 난리. 가서 빌든지 무릎을 끓든지 울든지 해보자."

화주 사무실에 도착했다. 얼마전 까지만 해도 도착하면 바로 여자 부사장이 나와서 인사하고 부서장급 여자 3명과 회의를 했었는데, 날 좋아해서 그런지 모르겠지만 내 눈빛을 잘못 맞추고 인사하던 수줍은 많은 부사장이 안보였다.

회의실 들어가기 전에 사무실 분위기를 보니 비어있는 책상이 더 많았다. 자금 상황이 안좋다는 느낌이 바로 왔다.

화주는 중국의 태양광 회사로서 정부 보조금 받으면서 수출이 잘될 때는 월드컵 축구 스폰서까지 하던 기업이지만 유가가 하락하면서 상대적으로 태양광 산업도 위기를 맞고 있었다.

"부사장은 어디 계신지요?"

"공장으로 발령 받았습니다! 그리고 전에 담당자는 모두 사표를 냈습니다."

항상 회의하던 여직원 3명도 안 보이고 처음 보는 담당 두 명 중에 뚱뚱한 여직원이 답변했다. 예상대로 대화가 안되었다.

두 명의 담당들은 결재에 관해서는 사장님이 직접 결정한다. 지금 자금 사정이 안좋다. 더 이상은 모른다. 우린 인수인계 받은지 얼마 안되었다.

너무나 쉽게 미팅이 끝났다. 얻을 수 있는 내용이 없었다. 이걸 들으려고 비행기 타고 오지는 않았는데 짜증이 나기 시작했지만 바로 저녁 미팅 장소로 출발했다.

이동하는 차 안에서 중국 지사장에게 물었다.

"미수금이 50만 달러인데 받을 수 있겠나? 줄 의지가 없고 담당들도 없어졌는데."

"사장님! 줄 녀석들이 아닌 것 같습니다. 보험 처리도 안 돼있고 아직 운송도 안 된 물량이 컨테이너로 10대 200톤이나 있는데 그것도 안 찾아가고 있습니다. 50만 달러 이외 200톤의 창고료도 장난이 아닙니다."

짜증이 났다. 중국계 대기업이라고 결재 부분을 너무 쉽게 생각하고 리스크 햇지를 아무것도 안 한 것이 후회스러웠다.

저녁 초대는 중국계 항공 물류회사이다. 항공물류 대리점 회사로 우리가 오더를 받으면 해당 제품(전자 제품)을 중국 북경에서 러시아로 보내는 업무를 받은 회사로 즉 우리가 갑이다.

북경 도착하면 그들은 절대로 내가 돈을 못쓰게한다. 난 부담된다고 한 번은 한국 식당 가서 저녁하자고 해도 계산할 때 보면 항상 미리 계산이 되어있었다.

북경시에서 오래된 건물로 느껴지는 식당에 도착했다. 안내하는 방으로 들어가보니 먼저 3명의 중국 파트너들이 있었다. 들어가면서 보조 테이블을 보니 중국 고량주 중에서 가장 비싼 술 중 하나인 마오타이주 8병이 들어있는 한 박스가 보였다

내가 술 박스를 보자 파트너 사장 중 한 명이 날 반갑게 안아주면서 "너무 걱정 마시고 반갑게 우리 1인당 한병 씩만 마십시다. 5명이니 다섯병만 마시죠!"라고 말하였다.

중국에 오면 항상 술자리엔 사장과 술 상무 2명이 한조로 기본 3명이 나온다. 각종 요리가 나오고 고량주를 따라주기 시작했다. 중국인들은 술 마실 때 모두 시인들 같다. 건배 제의가 사자성어를 사용하면서 2~3분간 연설을 한다. 그리고 마신다.

원샷!

그 다음엔 내 눈치를 본다. 나보고 건배 제의를 하라는 것이다. 그 동안 러시아에서 오랜 근무로 러시아도 사회주의 국가여서 술자리에서 건배 제의는 자주해서 문제가 없었다. 중국에서 건배할 때 가능한 중국인들이 좋아하는 내용으로 시작을 하곤 했고 오늘 건배 제의 내용은 일대일로(一帶一路)로 시작했다.

"우선 시간을 내주신 대표님들 감사드립니다. 지금 중국은 세계를 하나의 길로 만들고 있습니다. 그 하나의 길에 사실 한국은 없습니다. 서쪽으로 시작되는 바다와 땅의 길입니다.

중국, 중국기업, 세 분의 대표님들이 서쪽으로 진출하면 카자흐스탄, 우즈베키스탄, 러시아가 제일 먼저 나옵니다. 그 나라엔 저희 회사는 이미 20년전에 법인을 오픈하고 여러분들을 기다리고 있었습니다.

"일대일로에 우리 하나가 되어봅시다. 건배 제의합니다! 제가 먼저 '서쪽으로 갑시다!'라고 외치면 여러분은 이따이일루(일대일로) 외쳐 주시기 바랍니다."

예상대로 중국 사장들은 나의 건배 제의를 무척이나 만족하는 것 같았다. 그러고는 바로 그들의 공격이 시작되었다. 사장 오른쪽에 있던 한족 부사장이었다. 내 옆으로 오더니 둘이서 함께 원샷을 하자고 한다. 그러면서 덕담을 하면서 원샷!

5분이 지나자 사장 왼쪽의 조선족 부사장이 내 옆에 와서 똑같은 내용으로 원샷을 요구했다. 5에서 10분 간격으로 계속되는 상황을 막지 못하면 난 오늘 기절할 것 같았다. 방법은 빨리 마셔주고 거기서 기절해서 마무리하는 것. 그러나 다른 방법을 사용했다.

술 상무들이 일어나서 나에게 올 것 같으면 내가 먼저 일어났다. 그러고는 "자, 사장님들 감사합니다. 초대해주셔서. 워야오 빠이쥬!(나는 중국 술을 좋아합니다.) 다 함께 원샷!"

내가 일어나서 건배 제의를 하니 사장까지 모두 원샷을 했다. 다른 술 상무가 일어나서 나에게로 오는 것 같으면 또 먼저 일어나서 전체 원샷을 외쳤다. 똑같이 중국 사장도 원샷을 하다보니 힘들었는지 술 상무들에게 눈치를 주는 것 같았다.

여기에 또 하나의 방법도 사용했다. 여러 중국 음식이 들어왔다. 중국에선 중국 친구들과 식사 때 또 하나의 매너는 그들이 주문한 음식 중에서 한두 가지를 골라서 맛있다는 말을 여러 번하고 한 번 더 주문이 가능한지를 물어보는 것이다. 자꾸 분위기를 바꾸면 술 마시는 시간이 조금이라도 줄어든다.

그날 요리 중에서 녹두와 함께 건해삼을 삶아 요리한 음식이 무척이나 담백했다. 그리고 오리요리가 나왔다.

"이건 정통 북경 요리인지요! 너무 맛있습니다! 이거 요리 이름 좀 저에게 알려주세요, 다음에 중국식당 가면 주문해보게요. 그리고 좀더 주문이 가능한지요? 우리 함께하는 비즈니스가 한번 더 주문한 만큼을 벌죠?"

예상대로 중국 친구들은 중국 음식을 더 시키는 것에 대하여 너무 좋아했고, 주문 전후에는 술을 권하는 것보다 음식 애기, 자랑에 30여 분을 사용했다.

5명에서 마오타이주 3병을 마시고 나니 취기가 올랐다. 이제 그만 마무리할 분위기가 보여서 좋았는데 갑자기 조선족 부사장이 오늘은 2차 준비했다고 빨리 움직이자고 한다.

'2차를 가자고?' 내일 아침 비행기로 상해로 복귀해야 하는데 안 간다고 말할 수도 없고 분위기는 그렇게 2차로 넘어갔다. 밖에는 S350벤츠차량이 나와 중국 지사장을 기다리고 있었다. 도착한 곳은 예상대로 중국식 가라오케였다. 룸에 들어가니 내가 위스키보다 고량주를 좋아하는 것을 알고 고량주 3병, 맥주 10병, 우롱차, 생수가 세팅되어 있었다.

5명 모두가 많이 마신 상태여서 그런지 한족 부사장이 바로 노래를 하자고 나에게 노래방 책자를 권했다. 이럴땐 난 뒤로 물러서지 않았다. 러시아를 가든, 중국에 가든 원한다면 먼저 노래를 불렀다.

가능한 그 나라 노래를 불렀고, 오늘 같은 날을 위해서 서울에서 그동안 중국어 선생님에게 과외를 해두었다. 과외할 때 북경 출신 과외선생은 얼마큼 중국어를 배우고 싶냐고 하기에, 내가 중국에 근무할 것이 아니기에 저녁 미팅시 필요한 전투적인 용어와 중국노래 3곡을 알려 달라고 했다.

그중 한국인이 가장 많이 알고 있는 대만가수 등려군이 불렀던 '월량대표아적심'을 부르기 시작했다. 과거 첨밀밀 중국영화에서 여명과 장만옥이 만나는 장면에서 자주 나왔던 노래였다.

내가 예상밖에 중국 노래를 부르니 중국사장들도 웃으면서 놀라는 눈치였다. 박수를 치면서 나와 원샷을 계속 요구했다.

1시간 반쯤 지나고 2차에서도 고량주 3병을 더 마시자 모두들 휘청휘청하더니 내가 있는지도 잃어버렸는지 각자 차를 탔다. 그날 밤 어떻게 호텔에 갔는지 기억도 없다. 아침에 눈을 뜨니 어제 입은 옷 그래도 침대에 누워있었다.

다음날 아침 호텔에서 아침을 먹으면서 중국 지사장이 물었다

"사장님 11시 상해로 가는 비행기입니다. 여기서 8시에는 나가야 합니다. 그나저나 50만 달러 미수는 어떡하죠!"

"어제 남은 마오타이주 어디있냐?"

"아 그거요 조선족 부사장이 어제 2차 가면서 저희 차량에 4병 실어주어서 제 호텔방에 있습니다"

"그래! 음, 그러면 오후 스케줄로 비행기 연기가 가능하냐? 연기해라 그리고 어제 갔던 태양광 업체에 가자!"

중국 지사장은 더 이상 물어보지도 않았다. 내가 무슨 생각하는지 알고 있었다. 비싼 중국술 마오타이주 4병을 들고 어제 갔던 태양광 회사에 도착하니 9시였다. 담당자도 찾지 않고 사무실로 올라와서 입구에 있는 회의실에 앉아있으니 9시반이 되어서야 하나둘씩 직원들이 출근했다. 어제 만났던 새로운 담당이라는 여자 두명도 그때쯤 출근하길래 나와서 인사했더니 의아해했다.

"어! 왜 안 갔어요? 우린 더 이상 협조할 내용이 없어요."

"오늘 스케줄이 오후여서 공항 가면서 한 번 더 들렸습니다. 새로운 결정권자가 우리 미수건과 현재 한국 보세 창고에 재고로 있는 200톤에 대하여 변경된 내용이 있으면 그것만이

라도 꼭 알려주시기 바랍니다!"

그러고는 마오타이주 4병을 두명의 여직원에게 전달을 했다.

당황한 여직원들은 안 받겠다고 하다가 어제 저녁도 같이 못해서 술을 사왔다고 하니 받아주었다. 그리고 우린 회의실에서 바로 나왔다. 1층으로 엘리베이터를 타고 내려왔는데 1층 현관까지 여직원 한 명이 따라왔다.

"김 선생님 미안합니다. 현재 우리 회사가 통폐합 작업 중이고 당신 회사에 지불할 금액 언제 지불할지는 저희는 모르겠습니다. 그렇지만 한가지 상황을 알려드리겠습니다. 지금 한국 인천항 창고에 있는 200톤 제품을 우리 회사는 꼭 받아야 합니다. 2,000톤 전체 L/C OPEN에 의하여 진행 중이고 그 중에서 마지막 남은 200톤입니다. 그 제품이 다 안 들어오면 우리가 보낸 L/C DRAFT 내용과 틀려져서 수출자에게 2,000톤의 비용이 나가지도 않기에 수출 회사와 우린 거래가 끝나버립니다. 그 제품만 김선생님 회사에서 잡고있으면 우린 결재를 해줄 수 밖에 없습니다!"

처음 본 그 중국 여직원을 감사하다고 안아줄 수 없기에 다시 한 번 악수하고 감사하다고 인사를 하고 나왔다. 우리가 운송서류를 주지 않으면 그들은 거래가 중단되기에 우린 을에서 갑이 되는 상황으로 변해버린 것이다.

다시 서울로 복귀후 역시나 10일 정도 지나니 그제품을 보내달라고 했다. 그동안 보관한 창고료까지 다 받고 미수 50만 달러는 당연히 다 받고 마무리가 되었다. 접대로 얻은 중국 술 마오타이주 4병으로 50만 달러를 받게된 것이다.　　　(2016년)

중국 한인타운, 마사지

언제부터인지 모르지만 2005년쯤으로 기억이 된다. 해발 700미터에 위치한 카자흐스탄 알마타 법인에서 3박 4일정도 출장을 갔다가 바로 국경 너머 우즈베키스탄으로 출장 왔을 때 고온건조한 날씨에 나는 심한 기침 감기가 걸렸다. 그 이후 로는 피곤할 때 또는 출장 기간내내 마른기침이 지속적으로 나오면서 오른쪽 코에서만 코피나 났었다.

그 이후로는 현지법인장의 조언을 받고 출장지 도착 첫날 가능한 마사지를 받았다. 다행히 첫날 마사지를 받고 나면 혈 액순환이 잘 돼서 그런지 코피만은 나오지 않아서 출장 가면 가능한 마사지를 한 두번씩 받곤 했다.

마사지에 대한 좋은 추억? 안 좋은 추억? 그런 일들이 몇 가지 있다.

2011년부터 중국에서 비즈니스가 늘어나서 상해 사무실 을 오픈하고 주기적으로 출장을 갔다. 2004년도부터 비즈니스가 있어서 출장을 갔지만 현지 사무실을 오픈할 정도는 아니었으나 2011년도에는 현지 사무실 없이 무리여서 과감하게 투자를 하여 진행했다.

2011년 다시 중국 출장시 러시아어는 어느정도 가능했지만 중국어는 배운 적이 없어 어찌할지 고민했다. 물론 중국에 주재원이 있어서 문제는 없지만 저녁까지 같이 있을순 없고 혼자서 어찌 생활을 할까를 고민하면서 중국 상해 공항에 내렸다. 중국 지사장이 나와서 함께 차량으로 이동했다.

" 왜 벌써 목이 아프지? 공기가 좀 이상하다!"

"사장님 상해는 천진, 북경과 마찬가지로 공기가 최악입니다!. 마른기침이 좀 나올 수 있습니다."

역시나 호텔에 내리자마자 오른쪽에서 코피가 나왔다.

"에이! 또 시작이군!"

공기도 안 좋고, 기침도 나고 코피도 흐르고 해서 먼저 사무실로 가서 상황은 들어야하니 사무실 경유해서 바로 호텔로 와서 쉬어야 겠다는 생각을 했다.

"사장님 사무실에서 내일 미팅 관련 브리핑 받으시고요. 전 업무가 더 있으니 죄송하지만 사장님께서 혼자 저녁 좀 드시고 근처에서 마사지 받고 좀 쉬시죠!"

오랜만에 온 사장에게 혼자 중국에서 알아서 밥먹고 마사지 받으라고! 순간 짜증을 내려는 찰나, 중국 지사장은 미소를 지으면서 "제가 없어도 아무 문제가 없습니다. 일단 혼자 나가 보시죠. 사무실 옆이 호텔이니!"라고 말하였다.

4시쯤 되어서 중국 지사장 의견대로 혼자 나와서 거리를 봤다. 앗! 그런데 이게 뭔가! 길거리 간판 대부분이 한글로 되어있고 지나가는 아줌마들도 한국어를 사용하고 있다. 학교에서 오는 초등학생들도 한국말을 대부분 사용하고 있었다. 중국지사장에게 전화를 했다.

"여기가 어디냐? 야, 내가 총각시절에 살았던 강서구 화곡동 같다!"

"사장님! 여긴 중국 상해에 있는 한인타운 우중루라는 곳입니다. 여기선 중국어 필요없어요."

너무나도 신기했다.

한국 식당, 심지어 북한 식당, 한국 마사지, 호텔, 커피전문점, 게다가 한인 슈퍼도 크게 잘 되어있었다.

"음, 중국어가 정말 필요 없구나!"

호텔에 가서 노트북으로 다른 법인 상황 체크하고 5시30분에 혼자 나와서 저녁 먹을 장소를 둘러봤다. 북한 식당이 보였다. 이미 러시아에서도 북한 식당을 자주 가봤고 아버지, 장인어른 모두 이북 평안도 출신이셔서 나도 이북 음식을 좋아했다. 거리낌없이 북한식당에 혼자 들어가니 한복을 곱게 입은 안내원이 인사를 했다.

"손님 혼자 오셨습니까! 약주도 하실겁니까? 공연은 7시 30분부터 있습니다."

TV에서 보고 들은 북한사람들 목소리로 안내를 했다.

"아, 혼자 왔고 반주도 한 잔 할겁니다! 우선 녹두빈대떡하고 백김치 먼저 주시고 중국산 백주(고량주) 한 병 주세요!"

"손님 빈대떡은 없고 지짐이는 있습니다. 그리고 우리 조선술인 산삼주와 철쭉술이 있습니다!"

녹두빈대떡과 지짐이는 사실 똑같다. 그리고 북한 술은 생각보다 비싸고 좀 향이있어서 나에겐 맞지 않아서 평소 시키지 않았다.

"그래요! 지짐이 한 장, 백김치, 그리고 제가 중국 술을 좋아하니 중국 술 백주로 소호도선 38도 짜리로 하나주세요! 그리고 고기로는 소 혀 있으면 1인분만 구워주세요!"

이른 시간이어서 그런지 손님이 없었고 한복을 곱게 입은 북한 여성 안내원이 내 주위에서 내가 술잔을 비우면 바로 와서 술을 따라줬다.

"손님은 출장 오셨습니까!"

"아 예! 출장 왔습니다. 아 그리고 제 아버지와 장인어른도 평안도 안주와 신의주가 고향입니다!"

순간 여성안내원은 반갑게 웃으면서

"아 그렇습니까! 반갑습니다! 그럼 식사로는 냉면도 드실거죠!"

천천히 마시면서 핸드폰으로 이것저것 하다보니 7시30분이 되었다. 갑자기 어수선하더니 드럼, 가야금, 기타, 건반을 준비했다. 뒷자리를 보았더니 어느새 많은 손님들이 와있었다. 물론 혼자는 나뿐이었다.

조금 전까지 내 술잔에 술을 따라줬던 여성 안내원은 기타를 들더니 노래까지 하기 시작했다.

"우와! 대단하네 이쁘고 악기에 노래에 재주도 많다!"

그녀 노래 한곡 듣고는 나와서 호텔로 가다가 중간 쯤에 있는 한국 마사지로 쓰여있는곳에 올라갔다. 한글로 안내문, 가격 다 쓰여있어서 손으로 가리키면서 풋마사지! 했더니 바로 안내했다. 처음 받아본 중국에서의 마사지인데 너무나도 편했다. 그래서 안되는 중국어로 손짓으로까지 해가면서 "내일 4시쯤 다시 올 테니 예약 좀 해주세요!"라고 하였다. 아줌마 마사지사는 무척 좋아했다. 그리고 이름을 알려줬다. 고정번호도 있었는데 이름만 외우고 다음날 미팅 끝나고 4시에 다시 그 마사지숍에 갔다. 또 손짓, 한국어, 중국어 사용해서 4시에 예약했다고 하니, 그 마사지사가 누구냐고 물어보는데 이름이 생각이 안났다. 계속 그러고 있으니 카운터에서 다른 마사지사를 보냈다.

마사지를 받기를 30분쯤 지났을까 어떤 아줌마가 여기저기 문을 열어보더니 나를 발견했다. 어제 그 예약한 아줌마였다. 일단 나에게 뭐라뭐라 하는데 이해가 안되었고 그 다음에 지금 마사지사에게 화를 내고 뭐라뭐라 말하는데 당연히 이해가 안되었다. 대략 무슨 뜻인지 알 것만 같았다. 싸우고 있던 두 마사지사에게 우선 웃으면서 앉으라고 했고, 마사지 가격이 2만원쯤 한 것으로 기억되어서 1만 원정도의 중국 돈을 예약된 아줌마 마사지에게 전달하고 마무리가 되었다. 한국 돈 2만 원인데 2시간을 너무나도 열심히 정성껏 해주시는 것 같았다.

6개월쯤 지났을까!

후배들이 상해에 같은 호텔로 출장을 왔다. 후배들 저녁을 사주고 이번 출장 기간에는 유흥시설은 절대 가지말라고 했다. 중국 법인장이 엊그제 도착한 나에게 말했다.

"사장님 이번주에 시진핑 국가 주석이 상해에서 인민 회의가 있다고 합니다. 그래서 이번 주 유흥업소 그리고 웬만한 마시지숍까지 모두 문을 닫으니 저녁만 드시고 일찍 호텔로 가셔야 합니다. 만약에 공안에 잡혀가면 제가 해결할 능력이 안됩니다!"

중국 지사장에게 들었던 얘기를 출장 온 후배들에게 그대로 해주었고 그동안 배운대로 "출장 4박5일이라고 했지? 그러면 여기 호텔에서 나와서 봐봐라! 저기 보이지! 한국 식당들 그리고 한국 카페 그리고…… 또 보이는 한국 마시지숍이 열려있으면 거기만 가라. 그리고 일명 '삐끼'라는 사람들이 간혹 호텔 앞에서 호객행위를 한다. 절대로 따라가선 안된다!"고 당부하고 호텔 방으로 들어왔다.

4일째 되던 날 아침 호텔 뷔페에서 봤던 후배들 얼굴을 보니 잠을 전혀 못잔 것 같다.

"어, 왜그래? 어제 뭐했어?"

서로 말 못하고 내 눈치를 보던 후배 한명이 "형님 사실은 3일째 너무 지겨워서 3일째 호텔 앞에서 호객 행위하는 사람을 계속 봐왔는데 착해 보여서 마사지하러 따라갔습니다! 그런데 가봤더니 잠깐 마사지하고 칼을 들이대고 돈을 요구해서 없다고 하니 신용카드를 뺏어서 강제로 3백만 원씩 인출해버렸습니다."라고 말하는 것이었다.

할 말이 없었다. 분명 내가 호객행위에 절대로 따라가선 안된다고 했건만……. 이 후배들 앞으로는 어느 나라에 가도 더 이상은 호객행위에 절대 따라가지 않을 것이다.

그래도 다행이었다. 외국 나와서 돈만 빼았겼으니! 그다음에 출장 와 그 호텔에 체크인하고 들어갔더니 룸에 안내문이 쓰여있었다.

"최근 호텔 앞에 호객행위하는 자들이 많으니 절대로 현혹되어선 안됩니다!"

중국 지사장에게 요새 한인타운 어떠니 하고 문희하니 "사장님, 상해 공안국에서 호객행위에 문제가 되어서 찾아오는 사람은 한국 사람뿐이라고 합니다. 사장님도 절대로 가시면 안됩니다!"라고 하였다.

(2017년)

마음을 열자 미래가 보였다

초판 1쇄 | 2020년 12월 25일

지은이 | 김익준
디자인 | S-design
편 집 | 강완구
펴낸이 | 강완구
펴낸곳 | 도서출판 써네스트
출판등록 | 2005년 7월 13일 제2017-000293호
주 소 | 서울시 마포구 망원로 94, 203호
전 화 | 02-332-9384   팩 스 | 0303-0006-9384
이메일 | sunestbooks@yahoo.co.kr
ISBN 979-11-90631-17-4 03810 값 12,000원

이 도서의 국립중앙도서관 출판사도서목록(CIP)은 e-CIP 홈페이지 (http://www.nl.go.kr/ecip)와 국가자료
공동목록시스템(http://www.nl.go.kr/kolisnet)에서 이용하실 수 있습니다. (CIP제어번호 : CIP2020052502)